40대 어른아이의 추억 및 사색일기

나는 아직도 서툰 아재다

나는 아직도 서툰 아재다

황상열 지음

마음세상

나는 아직도 서툰 아재다

나는 아직도 서툰 아재다.

보통 남자가 40세, 마흔이 넘으면 '아재' 라는 표현을 요새 많이 쓴다. 아직은 마음이 그렇지 않은데 시간의 흐름은 막을 수 없나 보다. 이 나이가 되면 세상을 다 얻고 뭔가 깨치는 것이 있을 줄 알았는데, 아직 나는 그렇지 못하고 서툴다. 어릴때처럼 여전히 철이 없이 행동하는 면도 많다. 부모님이나 지인들이 가끔 나잇값을 못한다고 할 때도 있다.

내 속에서 아재라는 것을 거부하는 듯하다. 요새 어른아이라는 말도 많이 하는데, 꼭 나를 두고 하는 소리인 것 같다. 사전과 인터넷 검색을 통하여 사전적 의미를 찾아보니 어른아이는

① 독립심이 부족하고 마음이 약해서 결단력이 없는 나약한 어른

② 재미있게 스스로를 즐기려는 성인 (Kidult)

로 요약된다. 나 스스로는 2번에 가까운 어른아이가 아닐까 하지만, 남들이 보기엔 아직도 독립심과 사회성은 많지만, 가끔 마음이 약하고 결단력이 없어 보여 1번과 같은 철없는 아이처럼 비추어지기도 한다.

아마도 어릴 때부터 지금까지 살면서 즐겁고 행복했던 추억과 실패하고 힘들었던 기억들이 모두 합쳐져서 나이를 먹은 아재가 되었지만, 여전히 어른아이의 모습을 하고 있다. 어른아이와 아재가 뒤섞여 현재의 내가 있는 것이다. 그 두 가지가 합쳐져야 지금의 제대로 된 내 모습이 갖추어졌던 것 같다. 그러나 앞으로 좀 더 아이의 모습보단 온전한 어른이 되기 위해 독서와 글쓰기를 통한 사색을 하면서 나를 돌아보고 있다.

나는 이 책에서 철없던 어린시절의 이야기부터 성인이 되었지만 여전히 어른아이로 남게 만들어준 행복했던 추억들과 앞으로는 좀 더 스스로 온전한 어른이 되기 위해 사색하고 남긴 단상들을 같이 공유하고자 한다. 추억을 보고 잠시 웃어보며, 단상을 보고 한 번쯤 가볍게 생각을 하면서 이것을 통해 현재는 서툰 아재이지만 앞으로 나의 모습이 어떻게 변해가고 있을지 궁금하다.

2018.9

서툰아재 황상열

제1장
어른아이를 만든 추억일기

아직도 떨고 있니?

대학 4학년 2학기가 끝나고 겨울방학이 시작되었다. 그해 12월 30일 새해 첫날인 동기 생일잔치와 망년회를 겸하여 종로에서 대학 동기들과 오랜만에 만나게 되었다. 남녀 할 것 없이 20명 정도 동기들이 모였다. 종각과 종로3가 사이 술집에서 만나 즐거운 시간을 보냈다. 꽤 오랜 시간을 시끌벅적하게 놀다보니 지하철 막차도 놓치게 되었다.

회비를 걷고 남은 돈은 여자 동기들을 택시 태워서 보내는데 다 써버렸다. 아직 학생 신분이고 아르바이트도 하지 않아서 술집에 보탤 회비를 내고 나니 수중에 땡전 한 푼 없었다. 친구들도 마찬가지였다. 그때 시각이 자정을 넘고 있었고, 한겨울이다 보니 밖에는 엄청 추웠다. 집에는 가고 싶은데 버스와 지하철은 이미 끊겼고, 택시를 타자니 돈이 없는 이 상황에서 어떻게 해야 할지 서로 논의하기 시작했다.

"집에 그냥 걸어갈래."

"집이 어딘데?"

"안양……."

"야, 걸어가다가 얼어 죽어."

"그럼 어떡하냐?"

"나도 마포인데 걸어가도 1시간은 넘을 것 같아. 그런데 가다가 얼어 죽을 거 같아."

"지하철 첫차가 5시 40분에 있는데, 지금 12시 30분이니 5시간만 어디서 기다리자."

"돈도 없는데 어디에 가서 기다리냐?"

"그러게. 그냥 종각역에 가서 기다리자. 밖에는 더 춥고 가게도 닫아서 갈 때도 없다."

그렇게 의견일치를 본 후 종각역으로 내려갔다. 첫차가 다닐 때까지 지하철 역사가 연결되는 문은 닫혀 있다. 그 앞에서 우리는 처음에 쪼그려 앉았다. 그러나 술도 먹은 데다 피곤해서 잠은 계속 쏟아진다. 잠은 오는데 쪼그려 앉은 상태니 불편해서 미칠 지경이었다.

안 되겠다 싶어 나와 친구 몇 명은 다시 올라가서 박스를 들고 왔다. 그것을 바닥에 깔고 나부터 누웠다. 갑자기 노숙자가 된 기분이다. 그래도 쪼그려 앉아 있는 것보단 괜찮았다. 눈이 감긴다. 잠에서 깨니 1시간 30분 정도가 지난 것 같다. 사실 잠은 오는데 너무 추워서 깼다. 이러다가 동사할 것 같았다. 깨서 보니 다른 친구 몇 명은 누워서 자고, 몇 명은 서서 그냥 밤을 지새우는 중이었다. 우리는 대체 왜 이러고 있는 걸까 멍때리는 표정을 지으면서 말이다.

아직 첫차가 다니려면 2시간을 더 견뎌야했다. 다들 추위에 너무 떨어서 말도 제대로 하지 못했다. 그래도 버텨야 했기에 서로 붙어서 쪼그려 앉았다. 남자 5-6명이 쭈욱 벽에 붙어서 쪼그려 앉아 벌벌 떨고 있는 모습을 상상해보라. 아마 보고 있으면 '저 사람들 왜 저러고 있지?' 라고 생각했을지도 모른다.

그렇게 시간은 또 흘렀다. 정말 견딜 수 없는 그 시점에 지하철을 타는 문이 열렸다. 그리고 일어났다. 서로 만세를 외쳤다.

"우리 아직도 떨고 있니?"

그 질문을 마지막으로 서로의 갈 길로 헤어졌다.

집에 와서 거울을 보니 입이 새파랗게 변해 있고, 너무 떨어서 그런지 몸살로 새해를 맞았다. 지금 생각해보면 참 철이 없는 어른아이의 모습이다. 20대 중반의 혈기왕성한 어른들이었기에 가능했던 일이다. 지금 나이에 저렇게 하라고 하면 다시는 못할 일이다. 아마도 밤새워 노는 것도 힘들고, 일찍 귀가하여 바로 자느라 바빴을 것이다.

가끔 회식을 하고 막차를 타고 돌아오는 길에 역에서 자고 있는 노숙자를 본다. 나이는 나보다 조금 더 많을 듯한데, 너무 추워 보이는데도 박스를 덮고 주무신다. 그 모습을 보는 나도 가끔은 답답하다. 저분들도 한 가정의 가장이자 사회 구성원의 일원으로 열심히 사셨을 것이다. 어떤 사연으로 저렇게 되셨는지 모르지만 남의 일 같지가 않게 여겨지는 것을 보면 이럴 땐 나이가 든 어른의 모습이지 않을까 싶다. 지나가다가 떨고 있는 아저씨에게 박스를 더 가지고 와서 덮어주고 지나갔다.

도를 아십니까?

이상하게 퇴근길이나 주말에 혼자 거리를 걷고 있다 보면 어떤 여자분들이 나에게 말을 걸곤 한다. 처음에 아무것도 몰랐던 사회 초년생 시절에도 늦은 야근을 마치고 돌아오는 길이었다. 역 앞에서 어떤 여자가 내 앞에 서더니 말을 건다.

"어? 뭐지? 나한테 관심 있나? 아직은 먹힐 만한가 보다.'

혼자 우쭐해 하면서 생각하던 차에 다시 한 번 말하는 그녀의 목소리가 들린다.

"관상이 좋으세요! 혹시 시간 되시면 잠깐 이야기라도 하시는 게 어떠신지."

"어? 그래요? 어떻게 좋은가요?"

"복도 많으신 것 같고. 이야기가 조금 길어질 것 같은데, 근처 어디 가서 이야기라도 하실까요?"

"그러시죠. 시간도 많은데……. 근데 저한테 관심이 있어서 그런 건 아니시 죠?"

"관심이 아니라 관상이 좋다고 했는데요."

"관상이 좋아 보이는 게 관심이 있다는 표현 아닌가요?" (어이가 없다.)

"네네. 일단 저기 보이는 커피숍이라도 가죠."

자리를 옮겨서 카페에 들어갔다.

"저는 따라왔으니 커피는 사주시는 거죠?"

"네? 각자 사야죠! 왜 제가 사야 하는 거죠?" (또 어이가 없다.)

"이것 보세요! 저는 시간을 내서 이야기를 들으러 온건데 그 정도는 사야 예 의 아닌가요?"

"아! 네네. 제가 잘 몰랐네요." (이 여자 뭐지?)

그리고 커피 두 잔을 겨우 그 여자가 사 오고 나서 이야기는 다시 시작되었 다.

"그런데 제 관상이 어떻게 좋나요?"

"눈이 선해 보이시고, 코도 복코고……."

쭈욱 긴 설명을 나열한다.

"그럼 제가 잘생겼다는 말씀인가요?"

"푸핫!"

이 여자 뭐지? 하는 표정을 지으면서 갑자기 웃는다.

"왜 웃으시죠?"

"관상이 좋다고 했는데, 잘생겼다라는 건 다른 건데요."

"관상이 좋으면 다른 사람들이 보기에도 잘 보이는 거고, 잘 생겼으니 더 좋 은 거 아닌가요?"

"우리 도가 쪽에서 그런 게 아니고요."

"도가요?"

"혹시 도를 아십니까?"

아 말로만 듣던 그거였다는 생각에 나도 참 순진했다.

"잘 모르겠는데요."

"그럼 제가 설명을 드릴게요."

"싫은데요.."

"왜요?"

"제가 왜 도를 알아야 하는지 10가지 이유만 말해주세요."

…….

대답을 못한다.

"그럼 도 말고 다른 이야기 해볼까요? 뭐하시는 분이세요?"

"갑자기 그건 왜 물어보세요?"

"그럼 할 말 없는 거고, 이야기 다 끝난거죠?"

"아니요. 아직 남았는데……."

"무슨 이야기요?"

"도를 아시냐구요."

남은 커피를 원샷하고

"저 혼자 도 닦겠습니다. 그리고 멘트 연습 좀 더 하시는 게 너무 외운 티가 나네요."

"네? 그랬나요?" (대체 이 여자 뭐야?)

"먼저 일어납니다."

그리고 바로 지하철을 타고 집에 왔다.

아직도 1년에 한두 번은 저런 분을 만난다. 요새는 그냥 모른척하고 지나가거나 대놓고 관상이 좋다고 하면

"제 관상은 더럽고 도를 더 닦아야해서요! 혹시 도를 아십니까? 제가 알려드릴게요."

하면 먼저 도망가거나 아예 말을 섞지 않고 내 갈 길 가버린다. 그 놈의 도는 얼마나 더 닦아야 나도 어른이 될 수 있을까? 그 사람들에게 거꾸로 물어보고 싶다.

"얼마나 도를 닦아야 그 세계에서 나올 수 있는지요?"

고장 난 히터

아내와 처음 만나고 3개월이 지난 시점이었다. 크리스마스가 지나고 연말쯤이었던 걸로 기억한다. 토요일에 당일치기로 강릉여행을 가기로 했다. 그 당시 처음 샀던 차로 여행을 가게 되었다. 차는 구형 아반떼로 연식은 좀 오래되었지만, 그래도 잘 나가는 편이었다. 그 시절 나는 차에 대한 지식은 거의 없었고, 그냥 운전하고 엔진오일을 가는 정도였다.

여동생과 셋이 차를 타고 강릉 주문진으로 출발했다. 날씨도 영하권으로 상당히 추웠다. 차 안에서 히터를 켜놓고 가는데 따뜻한 바람이 조금씩 나오고, 가는 내내 이야기꽃을 피우느라 신경을 쓰지 않았다. 강릉 주문진에 도착하여 항구도 둘러보고, 회도 먹고 사진도 찍으면서 즐거운 시간을 보냈다. 더 늦기 전에 서울을 올라가기 위해 5시쯤 차를 타고 시동을 걸었다. 겨울이라 조금 예열을 하고 차를 출발했다. 조금씩 어두워지고 차 앞유리가 김서림이 심해졌다. 앞유리 김서림 방지를 위해 히터를 다시 켰다.

그런데 따뜻한 바람이 안 나온다. 에어컨처럼 찬 바람만 나오기 시작했다. 차가 오래돼서 조금 시간이 걸리는 줄 알았다. 그러나 경기도로 진입할 때까지 따뜻한 바람이 나오지 않았다. 아내와 만난 지 얼마 안 되었을 때니 당연히 잘 보여야 하는데……. 운전하다 옆을 보니 여동생과 아내가 덜덜 떨고 있었다. 나도 장갑을 껴도 손이 시려워 죽을 판인데……. 이거 오늘부로 이별을 당할 것 같은 느낌이 든다.

가뜩이나 앞유리 김서림이 심해져서 시야 확보도 안 되고, 결국 휴게소에 내려 뜨거운 물을 부어 조금 닦고 다시 출발했다. 휴게소에 간 김에 히터가 안 되는지 물어봤더니 히터가 아예 작동이 안 되고 원인은 온도 조절이 안 되는 서머스타트가 고장이라고 했다. 거기서 수리가 되지 않아서 다시 서울로 출발했다. 가뜩이나 추운데 김서림 방지도 그렇고, 백미러로 안 보여서 유리를 조금 열고 가야 상황까지 발생했다. 셋 다 벌벌 떨면서 그렇게 1시간을 달렸다. 나와 사는 동네와 반대편이었던 아내를 집 앞에 내려주는데 잘 들어가라는 말보다 미안하다 말이 먼저 나왔다. 집에 오면서 여동생은 어떻게 차 점검도 안하고 갈 생각을 했냐며 타박이다.

며칠 뒤 바로 히터부터 수리하러 갔다. 아내에게 나중에 들은 이야기지만 정말 추웠다고 한다. 그래도 이별하지 않았으니 하늘이 도왔다는 말밖엔 나오지 않는다. 차에 대해 전혀 무지한 상태였고, 그냥 굴러만 가면 되는 줄 알았다. 에어컨과 히터도 그냥 시동만 켜고 틀면 다 작동이 되는 줄 알았다. 에어컨도 냉매가 있어야 했고, 히터도 서머스타트가 되어야 하는 것을 전혀 몰랐던 것이다. 지금은 차에 대해 어느 정도 지식을 알고 있고, 장거리 운행 전엔 꼭 한 번씩 점검을 받는다. 아마도 그때 이별했으면 아마 지금의 아내는 없을지도 모르겠다.

그 고참, 잘살고 있겠지?

1999년 봄에 나는 육군에 입대한 친구들 보다 조금 늦게 공군에 입대했다. 경상남도 진주에 있는 공군교육사령부에서 기초군사훈련을 받고 청주공항이 있는 청주 비행단에 자대배치를 받고 군 생활을 시작했다.

나는 포병특기로 비행단 가장자리에 있는 소대에서 생활했다. 남자들은 알겠지만 군 계급에 따라 생활에 제약이 있었다. 이등병은 전화하고 싶어도 고참에게 허락을 받아야 할 수 있다. 그 당시 있었던 여자친구나 지인, 가족에게 전화가 너무 하고 싶어서 점심을 먹고 고참에게 어렵게 말을 꺼냈다. 그 고참은 흔쾌히 허락하고 나를 공중전화에 데려가서 3분만 통화하라고 했다. 그때는 콜렉트 콜이라 하여 수신 전화, 즉 받는 사람에게 요금이 청구되도록 하는 전화방식이었다. 전화번호 앞에 콜렉트콜 고유번호를 눌러서 받는 사람이 허락하면 통화가 된다고 보면 된다.

그런 방식으로 고참이 나를 데려가 3일에 한 번 정도 전화를 할 수 있게 했다. 그 고참에게 감사했다. 그리고 두달 뒤 휴가를 나갔을 때 어머니께서

"우리 집 한달 전화 요금이 100만 원이 넘게 나왔어. 어떻게 된 거냐?"

"네? 그리 많이 나오지 않을 텐데요!"

나도 그리 많이 나올 줄 생각못했다. 그런데 나도 전화를 그리 많이 하는 사항도 아닌데 말이다. 내가 부대로 복귀하고 나서 어머니께서 통화내역을 조회하신 듯 했다. 다시 나에게 물어보셨는데, 미국에 해외전화로 통화한 내역이 있다고 하셨다.

"처음 듣는데요? 엄마, 제가 미국에 아는 사람이 어디 있어요?"

통화 발신지를 추적했더니 고참네 집으로 나오더란다. 이게 무슨 일인지?! 나는 그때 아직 졸병인 입장이라 미처 그 고참에게 따질 수 없었다. 아버지와 어머니가 그 고참 집에 전화해서 물어보셨나 보다.

알고 봤더니 내가 콜렉트 콜로 수화기를 들어 번호버튼을 누를 때 그걸 뒤에서 유심히 보고 외운 것이다. 그리고 내 콜렉트 콜로 미국에 있는 자기 여자친구에게 매일 전화를 했다고 한다. 그 고참은 천재였다. 사실 서울 명문대학 출신이라고 자기 스스로 자랑하던 사람인데 이리 못된 짓을 하다니!

결국 부모님은 그 고참네 집에다 전화해서 당장 전화 요금을 갚지 않으면 부대에 알리겠다고 했다. 그래도 고참네 집 분들은 양반이셨다. 바로 죄송하다고 말하고 아들 교육 잘못시켰다 하면서 야단을 치겠다고 했나 보다. 나도 더 이상 문제삼지 않았다.

최○○ 상병! 지금은 어디서 어떻게 살고 계실 지 모르지만, 아직도 그런 못된 짓은 하고 계시는 건 아니겠죠?

좌충우돌!
나는 신병이다

대한민국 남자로 태어나면 누구나 이행해야 하는 국방의 의무! (몸이 아프거나 어쩔 수 없는 이유로 못 가는 사람들을 제외하고 이상한 이유로 안 간다면 나쁘다!)

나는 원래 1998년 대학교 2학년 1학기를 마치고 육군으로 입대할 예정이었다. 그러나 고등학교 동창이 공군에 입대하는 것을 보고 나도 입대를 미루고 공군에 지원하게 되었다. 사실 미루게 된 또 다른 이유는 2학기 때 과대표를 맡게 되어 한 학기를 강제로 더 다니게 되었다.

그렇게 2학년 2학기를 다니면서 동기들은 하나둘씩 군대에 가는 것을 지켜봤다. 그렇게 입대했던 내 동기들이 백일휴가를 나와서 같이 놀다가 들어가는 것도 보았다. 나는 1999년 5월 31일에 22세의 나이로 늦게 입대하게 되었다. 훈련소로 들어가고 나서 얼마 지나지 않아 연평해전이 터졌다. 훈련소에 듣기로 아직 계급이 없는 훈련병은 전쟁이 나면 총알받이로 무작정 차출된다는 이야기에 정말 밤잠 못 자고 긴장했다.

연평해전으로 남북한 관계가 악화일로였다. 밖의 뉴스는 들을 수 없는 훈련병 위치라 밖의 사정이 어떻게 돌아가는지 몰랐다. 그러니 그 긴장감과 두려움은 이루 말할 수 없을 정도였다. 하루에 훈련을 무사히 마치고 자려고 누웠을 때 비로소 안도감을 느끼고 잤다. 그렇게 연평해전이 지나가고 나는 방공포병 특기를 부여받았다. 공군 내 포병 특기는 육군에 가는 것이라 할 정도로 기피 대상이었는데, 먼저 간 친구가 포병 특기는 나중에 상병 진급하면 편하다는 이야기에 덜컥 먼저 지원했다. 방공포병과 헌병은 지원만 하면 바로 된다는 이야기를 나중에 듣고는 후회했지만, 이미 때는 늦었다. 대구에 있는 방공포병학교에서 육군 친구들과 같이 후반기 교육을 받고, 청주 비행단으로 자대배치를 받게 되었다.

자대에 가려고 더블백을 메고 기차에 앉았을 때는 참 무서웠다. 훈련 시절에는 동기들이라 그래도 편하게 지냈는데, 자대에 가면 고참들과 생활을 해야 하니 어떤 사람을 만날지 무서웠다. 군대나 사회나 처음 들어갈 때 그 느낌은 별반 다르지 않은 것 같다. 설레지만 긴장되는 게 더 많으니 말이다.

나는 포병 중 벌컨포 담당으로 작은 소대에 가게 되었다. 소대에는 병장 1명, 상병 3명, 일병 1명이 내무반을 쓰고 있었다. 처음 내무실에 들어갔을 때 그 긴장감은 아직도 잊을 수 없다. 아주 얼굴이 얼어서 고참이 자기소개를 하라고 했을 때도 말을 더듬고 식은땀이 날 정도니 말이다. 이제 작대기 하나 달고 신병이 왔으니 소대는 난리가 났다. 첫날은 초코파이를 사서 배가 터질 때까지 먹었다. 일주일은 정말 고참들이 잘해주셨다. 딱 한 명만 빼고……

바로 위 맞고참 일병은 나를 못잡아 먹어서 안달이었다. 말수도 없고, 딱 일할 때만 명령하면서 못하면 끌고가서 엄청 갈구었다. 그러다 내무반장인 병장이 나를 불렀다. 요새 너무 잘해주니 편하냐고 물어본다.

"아닙니다!"

"아니라고? 그럼 내가 너를 불편하게 했다 이거네! 저기 보이는 철문 찍고와!"

벌컨포 소대는 앞에 철문이 있다. 내리막길로 50m는 떨어져 있다. 거기를 내려갔다가 다시 올라오는 것을 10회 반복했다. 스피드가 떨어지면 다시 몇 번을 반복했다. 그렇게 30회를 왔다 갔다 하니 심장이 터질 것 같았다. 횟수가 늘어갈수록 점점 더 정신은 흐릿하고, 목소리는 나오지 않았다. 그러다가 한 번 쓰러져서 일어나니 내무실 안이었다. 그렇게 신병 생활은 시작되었고 1년 동안 막내 생활을 벗어나지 못했다.

군대는 작은 사회라고 했다. 신병시절은 정말 그 말을 뼈저리게 느꼈다. 1년은 거의 웃음을 잃은 채 지냈던 것 같다. 가끔 동기들을 만나서 서로의 안부를 물을 때 가장 위안받았다. 그것도 일주일에 한두 번 볼까말까한 기회였고, 24시간 대부분을 고참들의 눈치를 보면서 살았다. 그렇게 한 달, 한 달이 지날 때마다 역시 사람은 환경에 잘 적응하는 동물이라 나도 이 신병 생활에 점점 익숙해져 갔다.

앞서 이야기한 대로 나는 포병 특기로 매일 아침에 일어나면 벌컨포 점검을 한다. 자대배치를 받고 3개월이 지난 겨울 어느 날이었다. 그날도 아침에 일어나 식사를 하고, 벌컨포 점검을 하기 위해 포상에 섰다. 날씨가 춥다 보니 벌컨포도 전원을 켜놓고 예열할 시간이 필요했다. 예열을 하는 도중에 벌컨포 중간에 보면 조준하는 빨간판이 있었는데, 그게 부서져 있었다. 나는 처음 보는 현상이라 고참들에게 먼저 보고했다. 그런데 고참 한 명의 표정이 좋지 않았다. 나보고 어떻게 점검을 했길래 이 지경이 되었냐고 난리다. 지금까지 본인이 점검할 때는 이런 일이 없었는데……. 내가 잘못해서 그런 거라고 간부들에게 보고한다고 했다. 억울했다. 이제 일병으로 갓 진급한 내가 무엇을 알겠는가? 간부들이 와서 내가 그랬다고 고참들이 보고했다. 잡혀있던 외박은 취소되었고, 공군작전사령부에서 감사를 나오게 된다고 들었다. 생각보다 사안이 심각했다. 그렇게 나는 고참의 잘못된 보고로 인해 몇 달 동안 찍혀서 포점검을 할 수 없었다.

내 신병 생활은 내가 군대 생활에 적응을 하지 못한 것인지……. 아니면 사람들을 잘 못 만난 건지 참으로 하루하루가 고통의 시간이었다. 그래도 제대하는 날이 있으니 언젠간 괜찮아지겠지 라는 마음으로 버티었던 것 같다. 지금도 군대 내 구타나 가혹행위, 부적응으로 자기 목숨을 버리는 경우가 종종 있다. 나는 죽는 게 너무 싫은 사람이라 그래도 살아있으면서 힘든 게 낫다고 생각했다. 하늘이 돕는다고 했던가? 공군작전사령부 감사에서도 내 잘못이 아니라 날씨가 너무 추워 장비결함이 발생한 결과라고 나왔다. 이후 취소된 휴가도 다시 나갈 수 있었다. 보직이 바뀌어 상병 때 레이더 운용병으로 가기 전까지 군대 생활은 늘 스트레스의 연속이었다. 휴가를 나와서 다시 군대 복귀할 때 다시 들어가기 싫은 그 느낌은 아직도 잊지 못한다. 그래도 혼자서 사색하는 시간을 많이 가지게 되었던 것은 그나마 다행이었다.

이제 아주 오래전 기억이지만 대한민국 남자라면 누구나 군대에 관한 짧은 추억을 가지고 있을 것이다. 20대 초반의 어린 내가 군대 신병 생활을 통해 사색하는 사람으로 조금씩 변화해가는 소중한 시간이었다.

내 인생의 가장 슬픈 밥상

6년 전 겨울 몇 번의 실수와 임금체불 등이 겹친 상황에서 사장님과 같이 출장을 갔다가 나의 결정적인 실수로 갑작스러운 해고통보를 받았다. 준비가 되지 않은 상태다 보니 참 막막했다. 그래도 열심히 살았다고 생각했는데 너무 억울하기도 하고, 앞으로 내가 갈 수 있는 다른 직장이 있을지 불안함에 가슴이 너무 답답했다.

집으로 돌아와 아내에게 웃으면서 회사에서 나가게 되었다고 이야기했다. 괜찮다라고 위로해주는 아내에게 참 미안했다. 나중에 알았지만 혼자서 많이 울기도 했다는 아내의 말에 너무나 괴로웠다. 퇴직이 얼마 남지 않은 어느 날 아내가 점심에 먹으라고 도시락을 싸주었다. 그 시기에는 정말 입맛도 없어서 식사 때마다 밥을 거의 남기곤 했다.

점심시간에 다른 직원들은 식사하러 밖으로 나가고, 나 혼자 회의실에서 도시락을 꺼냈다. 뚜껑을 열고 숟가락을 들어 밥을 먹기 시작했다. 숟가락 아래로 자꾸 뭔가가 흘렀다. 도시락 안으로 자꾸 흘러내렸다. 밥 한 숟가락에 눈에서 한방울씩 눈물이 떨어졌다. 먹을 때마다 자꾸 눈물이 많아진다. 남자가 되어 왜 이리 눈물이 많은지…….

밥을 반쯤 먹다가 숟가락을 내려놓고 펑펑 울었다. 왜 이렇게 된 건지…….나 자신이 너무 못나고 초라하게 느껴졌다. 이후 그만두고 나서 방황하던 시기에도 밥을 먹었지만 이날 먹은 점심은 내 인생의 가장 슬픈 밥상이었다. 앞으로 다시 이런 밥상은 먹지 않으리라. 이제는 어떤 일이 있어도 무언가 잘못되더라도 밥상 앞에서는 울지 말자고 다짐한다. 다 먹고 살자고 하는 짓인데 밥상 앞에서라도 맛있게 음식을 먹고 기운을 내는 것이 맞다고 본다.

아직도 힘든 서툰 감정

어느 날 아침에 출근하여 이사님에게 보고를 하다가 약간 언쟁이 있었다. 이사님이 회장님께 보고해야 할 자료를 만들라고 하셨다. 보고서를 작성하여 아침에 보고하는데 한가지 사항에 대해 물어보셨는데, 내가 생각해도 어설프게 아는 것을 자꾸 이해시키려고 말이 많아졌다. 듣는 이사님은 이해가 안 되니 한 번 더 확인해서 다시 보고하라고 하셨는데, 그 말을 듣지 않고 나는 계속 이사님께 이런이런 사항이다라고 계속 말을 했다. 일순간 이사님 표정이 굳어지면서

"황 차장! 나랑 지금 말싸움 하자는 거야? 자꾸 어설프게 이해해서 나에게 보고하지 말고 자신이 이해를 확실하게 해서 나한테 보고를 해야지!"

순간 또 머리가 멍해졌다. 다시 내 안 좋은 버릇이 나왔다. 보고할 때도 내가 다 체크를 하고 팩트만 명확하게 간결히 보고만 하면 되는데, 또 장황하게 이

리저리 해서 말이 길어졌다. 회사 분위기가 한순간에 안 좋아졌다. 옆에서 듣고 있는 다른 팀 이사님께서

"그건 황 차장 네가 잘못한 거야. 그냥 한 번 더 알아본다고 하고 하면 되지. 뭘 그리 말이 많은 거야?"

그 순간 난 몸이 굳어지면서 다시 알아보겠다고 하고 자리에 앉았다. 그런데 이상한 건 감정이 그렇게 크게 요동치지 않았다. 내가 지금 잘못된 행동을 했구나라고 인지하고 다시 찾아봐야겠다는 생각만 들었다. 예전 같았으면 억울하고, 화가 나서 겉으로 표현만 안 했지 잠깐 바람이라도 쐬어야 진정이 되었는데……. 그냥 조용히 앉아서 내가 다시 해야 할 일만 생각했다. 그래도 사람인지라 기분은 별로 좋지 않았지만, 내 기분이 지금 이런 상태구나라고 바라보니 크게 억울하지도 화도 나지 않았다.

여러 블로그 이웃님들의 감정에 대한 글과 또 책을 읽으면서 감정조절이나 마음의 상태를 미리 인지하는 법 등을 숙지하면서 실행하다 보니 이젠 나도 모르게 예전처럼 쉽게 흥분하거나 하지 않게 되었다. 물론 다 그렇진 않지만 그래도 조금씩 나아지고 있는 것 같다. 앞으로도 더욱 내 감정을 바로 보는 연습을 하면서 평온하게 유지할 수 있도록 노력해야겠다.

버저비터

운동신경이 그다지 좋지 않은 편인 내가 그래도 좋아하던 운동은 3가지다. 단거리 달리기, 축구, 농구⋯⋯. 달리기는 그래도 제법 뛰어서 지금도 누구와 100m를 붙어도 이길 자신이 있다. 구기로 할 줄 알았던 운동이 축구와 농구였다. 초등학교 시절에는 축구를 했고, 중학교에 가서는 주로 친구들과 농구를 했다. 늘 키가 중간에서 좀 작아서 농구도 포지션은 가드를 맡았다. 나도 드리블을 통해 키 큰 친구들에게 패스를 하는 게 더 재미있었다.

그 당시 농구의 붐은 대단했다. 학교 운동장이나 공원에 가면 다들 농구를 했다. 나도 그 당시엔 농구에 푹 빠져서 하교 후에도 혼자 공들고 나가 드리블과 슛 연습을 하곤 했다. 대학 신입생이 되어 들어간 동아리는 여행동아리 '유스호스텔'이었다. 그 안에서도 여행 다니고 쉬는 시간엔 선배들과 농구게임을 즐겼던 기억이 난다.

1997년 가을쯤 동아리 졸업생과 재학생의 농구경기가 열렸다. 이기는 팀이 저녁을 사기로 한 기억이 난다. 재학생 2~4학년 선배님들과 갓 졸업하고 사회 초년생 선배들이 팀을 나눠서 게임에 돌입했다. 주거니 받거니 하면서 시소게 임을 이어갔다. 계속 졸업생 선배의 계속된 리드로 전, 후반 10분 경기로 진행 되었다. 후반 3분을 남기고 내가 속한 재학생 팀이 3점 차로 지고 있었다. 나는 지친 한 선배 대신 선수로 투입되었다. 여자 선배님들과 동기들의 응원전도 대 단했다.

재학생 선배가 한 명을 제치고 레이업 숏에 성공시켰다. 1점차까지 따라붙 었다. 그때가 남은 시간이 1분 30초였다. 나는 투입된 후 그때까지 공은 한 번 도 받아보지 못했다. 계속 뛰어다니면서 나를 마크하는 선배님을 벗어나기 위 해 안간힘을 썼다. 남은 시간 30초가 될 때까지 서로 한 번씩 숏에 실패했다. 다 시 우리 팀 공격이 시작되었다. 하프라인을 넘어서면서 속공으로 전환했다. 원 래 시간을 다 쓰고 에이스의 한 방을 노리는 게 정석이지만, 프로선수가 아니 기에 공을 잡으면 바로 숏을 던지는 작전으로 나갔다.

나는 그때 골대 끝 가장자리 하프라인 밖에서 대기하고 있었다. 레이업을 시 도했던 선배가 숏이 막히자 나에게 패스를 했다. 그게 경기에서 내가 받은 첫 번째 패스였다. 나는 받자마자 한 번 드리블을 치고 페이크 후 숏을 던졌다. 공 은 링 주위를 한 번 튕긴 후 그대로 골망으로 들어갔다. 남은 시간 5초가 남았 을 때였다. 1점 차로 역전하는 순간이었다. 다시 수비 태세로 전환했다. 마지막 5초를 최대한 버티었다. 그대로 게임이 끝났다.

나는 그 게임의 히어로가 되었다. 내 생애 그런 환호를 들어본 적이 없다. 처 음 잡아본 공으로 첫 번째 숏이 그대로 버저비터가 되었으니 말이다. 그 이후 내가 속한 팀이 농구게임에서 이겨본 적은 단 한 번도 없었다.

대학수학능력시험

2017년 11월 2018년 대학수학능력시험을 치르는 날이다. 원래 지난주 목요일에 진행하려다 포항에서 일어난 갑작스러운 지진으로 인해 일주일이 연기되었다. 이날 가장 신경 쓰이는 분들은 아마도 시험을 치르는 고3 수험생과 그 학부모일 것이다. 하루 치르는 시험의 결과로 대학이 결정되는 잔인한 시험이다. 부디 그동안 열심히 공부했던 그 노력이 좋은 결과로 이어졌으면 하는 바램이다.

97학번인 나는 수능 초기 세대이다. 1994년 학력고사에서 제도가 바뀌고, 또 총점이 200점 만점에서 400점으로 되고 나서 처음 치른 시험이었다. 그해 수학능력시험이 내가 기억하기로 지금까지 본 시험 난이도 중 제일 높았던 걸로 기억한다. 400만점에 165점 이상이 4년제 대학에 지원할 정도였으니 말이다.

마지막 모의고사 결과가 좋아 내심 지원하는 대학에 갈 수 있다고 믿고 진짜 시험에 임했다. 4교시 내내 어렵다고 체감한 나는 다음날 가채점 하고 나서 좌절했다. 2교시 수학시험은 답안지를 밀려 쓴 느낌이었다. 일단 진짜 결과를 기다려보기로 했다.

5시 30분이 되자 종이 울리면서 모든 시험이 끝났다. 날은 이미 저물어 어둑어둑해지고, 시험을 끝낸 친구들의 얼굴은 각양각색이다. 이제 다 끝나서 후련하다는 친구, 시험을 생각보다 잘 봐서 싱글벙글한 친구, 반대로 시험을 망쳐서 울상인 친구. 나도 일단 끝났다는 후련함이 제일 컸다. 사실 또 그날을 기다린 이유가 있다. 그 당시 좋아하던 가수의 3집 앨범이 발매되던 날이다. 바로 음반 가게에 가서 테이프를 사서 들으며 입시 스트레스를 풀었다. 그날 이후로 친구들과 당구 하고 노래방 다니면서 성적이 나오기 전까지 원없이 놀았다.

시험이 끝나고 시험을 망쳤다는 소수의 학생들은 밤에 극단적인 선택을 하기도 한다. 나는 오늘 시험 보는 고3 친구들은 그런 선택을 하지 않았으면 한다. 나도 물론 그때 학생 신분이다 보니 성적이 나쁘면 세상을 다 산 줄 알았다. 그런데 시간이 흐르고 지금 나이가 되어보니 그때 느꼈던 그건 정말 빙산의 일각이다. 하루의 시험을 망쳤다고 자기 인생을 버리는 어리석은 친구들이 되지 않았으면 한다. 시험이 끝나면 결과가 어떻든 원 없이 오늘은 하고 싶은 거 하고 먹고 싶은 거 먹는 그런 자유로운 날을 보냈으면 좋겠다.

어느 와인 파티에서

2007년 여름 여러 번 소개팅에 실패해도 여자친구를 만들기 위해 계속 기회를 만들고 있을 때였다. 더 이상 소개팅을 해달라고 부탁할 지인도 없었다. 그래도 포기하지 않고 멈출 수 없었다. 우연히 그때 활동하던 동호회에서 다수의 남녀가 미팅 형식으로 하는 온라인 모임이 있다고 알게 되었다. 한 번 인터넷을 통해 검색해보니 '넥X팅'이란 모임이 있었다. 남자 10명, 여자 10명 또는 남자 15명, 여자 15명을 모아 매일 저녁 식당이나 술집을 빌려서 회비를 걷어 초대하는 형식이다.

'그래! 이거다!'

하고 바로 검색했더니 그날 밤에 와인 파티가 있었다. 알고 보니 와인 파티는 일반 모임보다 가격이 두배였다. 지금도 잘 모르지만 그 당시엔 와인지식은 전무했다. 그냥 짧은 지식으로 일반 모임보다는 와인 파티에 가면 조금은 괜찮은 사람이 나오지 않을까 판단했다. 혼자 가기 뻘쭘하여 근처 회사에 근무하던 친구를 설득하여 같이 가기로 했다. 금요일 저녁이라 다음날 쉬니까 부담도 없었다.

모임 장소는 역삼동 어느 술집이었다. 시작 10분전에 도착하니 이미 세팅된 테이블에 인원 반 정도가 앉아있었다. 모임 진행자의 안내로 우리 이름이 있는 자리에 앉았다. 역시 다 처음 보는 사람이 많다. 남자들끼리 처음 보면 어색한데 여자분들까지 있으니 완전 뻘쭘했다. 다른 사람들도 물만 벌컥벌컥 마시며 탐색전을 펼치는 것 같았다.

테이블 별로 와인과 과일이 세팅되어 있었다. 파티가 시작되기 전까지 먹지 못했다. 그 당시 내 지식으론 와인은 소주, 맥주와는 다른 차원의 고급 술로 알고 있었다. 잔도 틀리고 병 앞에 외국어로 써 있는 와인 이름이 대단해 보였다. 남자 2명, 여자 2명이 한 테이블로 구성이 되었다. 사람들이 거의 오고 시간이 되자 파티가 시작되었다. 와인 파티와는 안 어울리게 테이블 별로 팀을 만들어 빙고 게임을 시작했다. 처음 보는 사람들의 어색함을 풀어주고 친해지게 하는 게임이라고 진행자가 설명했다. 확실히 빙고 게임을 하다보니 서로 말을 주고 받으면서 인사도 하고 조금은 편안해졌다. 빙고가 진행되면서 와인도 한 잔씩 따라주고 마시기 시작했다.

이후 여자분들은 앉아있고 남자가 테이블로 이동하면서 5분씩 1 : 1 대화를 한다. 사실 돌아가면서 5분씩 대화하는 건 호구조사 밖에 안 된다. 나이와 직업, 취미 정도만 물어볼 정도다. 그 후 다시 원래 자리로 돌아오면 마지막 커플 선정시에 뽑을 여자를 미리 생각하라고 진행자가 멘트를 한다. 그렇게 나도 돌아가면서 거기에 오신 여자분들과 이야기를 나눴다. 이 사람을 선택하면 되겠다라는 느낌이 오는 사람이 한 명 있었다. 그 때 나이로 4살이 어린 초등학교 선생님이었다. 그렇게 분위기가 무르익어 갈 무렵 뒷좌석에서 여자 비명 소리가 들렸다.

"아아악!"

다들 돌아보니 거기에 참석했던 한 남자가 와인을 마시고 완전히 취해서 이야기하던 여자에게 스킨십을 시도하려고 했던 것이다. 그 분은 진행자에게 한 대 맞고 질질 끌려나갔다. 와인을 먹고도 저렇게 취할 수 있다는 걸 처음 알았다.

나도 레드 와인 한 병을 먹고 난 뒤라 알딸딸한 상태였다. 마지막 커플 선정 차례가 왔다. 이야기했던 여자분들 중에 마음에 드는 두 사람을 종이에 적어 진행자에게 제출한다. 참석자들이 다 제출하면 진행자가 남자 1명, 여자 1명 쪽지를 공개하고 거기서 같은 번호가 나오면 커플이 이루어지는 방식이었다. 그 날 두 커플이 탄생했다. 나도 포함이 되었다. 남자 15명, 여자 15명이 왔던 날인데……. 운이 좋았다. 그 초등학교 선생님도 나를 1순위에 적었다.

그 선생님과 어떻게 되었을까? 딱 2번 만나고 조용히 연락이 끊겼다. 무슨 이유인지 모르겠지만…….

오늘 갔던 강연회에서 와인 기본지식에 대한 강연을 듣다가 우연히 이 추억이 생각났다. 와인모임을 하는 곳은 많지만, 아직도 온라인 미팅에 와인파티가 열리는지 궁금하다.

택시기사 아저씨,
내려주세요!

대학 2학년 1학기를 마치고 여름방학이 시작되었다. 그동안 학교를 다니면서 친해진 후배들과 함께 종강파티를 겸해서 술자리를 가지게 되었다.

근처 주막에 가서 술잔을 주거니 받거니 하면서

"선배님! 기말고사도 끝났고 저희 처음 여름방학입니다!"

"그래! 수고했다. 원래 군대 가기 전까지는 노는 거야! 형도 작년에 술 먹고 시험봤어!"

"저는 이번에 술먹고 다음날 시험 배 쨌습니다! 하하하하하."

"하하하하! 원래 그러는 거야!"

원래 대학 1, 2학년 시절에 여자분들은 어떤지 모르겠지만 나는 군대 가기 전까지는 정말 미친 듯이 사람들 만나고 놀고 토론하고……. 그랬던 기억이 생생하다. 그 시절만 할 수 있었던 그런 추억들이 아직도 생생하다.

그렇게 후배들과 술을 마시면서 그동안 시험공부 하느라 힘들었던 회포도 풀고, 방학이 시작되었다는 기쁨도 함께 누렸다. 술자리는 그렇게 밤새 이어졌다. 그 사이에 몇몇은 일찍 귀가하고, 4명 정도 남았다. 새벽 2시가 넘어가니 다들 고주망태가 되었다. 나도 많이 취해 있었던 터라 더 마시면 안될 거 같아서 동기와 후배들에게 그만 나가자고 했다.

다들 동의해서 술집 밖으로 나왔다. 다들 비틀거리면서 후배 하나는 소리를 지르며 노래를 한다. 일단 많이 취한 후배들부터 보내려고 택시가 오는대로 문을 열어서 하나씩 태워보냈다. 동기를 태운 택시를 마지막으로 나도 뒤에 오는 택시를 탔다. 행선지를 말하고 잠이 들었던 것 같다. 시간이 좀 지났는지 누가 깨운다.

"택시기사 아저씨, 내려주세요!"

"이봐, 학생! 여기서 뭐하는 거야?"

순간 벌떡 일어났더니 집이 아니다. 어떻게 된 일일까? 옆을 보니 동기가 자고 있다. 그 옆에는 후배가 누워 있고……

다들 왜 빨리 안 가요? 잠꼬대를 하면서 눈도 못 뜬다. 주위에 사람도 많이 몰려 있다. 일어나서 문을 열고 나왔다.

그랬다. 공중전화부스였다. 새벽에 어둡고 또 술에 취해서 택시인지 알고 한 명씩 공중전화부스 문을 열고 탔던 것이다. 나도 마찬가지였다.

술도 깼고, 갑자기 너무 낯이 뜨거워 얼른 동기와 후배를 깨워서 인근 식당으로 도망쳤다. 모두 해장국을 먹으면서 아무말도 할 수 없었다.

크리스마스 악몽

2007년 12월 25일 딱 10년 전 크리스마스는 잊지 못하는 날로 기억한다. 그해 나는 애인을 만들기 위해 소개팅을 자주 했다. 잘 되어도 2~3달 짧게 만나는 게 두어번 있었다. 아마도 내 나이 30살에 다른 것이 마음에 들어도 바쁜 설계회사에 다니면서 박봉인 내 조건을 마음에 들어하는 사람이 별로 없었던 것 같다.

그렇게 가을에 또 짧은 만남을 끝이 났다. 겨울이 다가오는데 크리스마스에 혼자 지내는 건 더 견딜 수가 없었다. 친구의 소개로 4살 어린 직장인과 철산역 카페에서 만나기로 했다. 그런데 하필이면 만나는 날이 크리스마스 당일이다. 그 친구도 일이 바빠서 약속 날짜를 잡는 게 힘들었다. 그래서 크리스마스에 혼자 보내는 건 더 싫어서 당일은 시간은 괜찮다고 해서 저녁에 동네 커피숍에서 만나기로 했다. 초면에 고민하다가 그래도 크리스마스인데 선물이라도 준비해야 할 것 같아서 카드와 곰인형을 사가지고 갔다. 곰인형을 샀던 이유는 사전조사때 주선자가 인형을 좋아한다고 알려주어서 그리 했다.

약속시간은 저녁 6시였다. 겨울이라 금방 어두워져서 나는 일찍 서둘러 카페로 가서 자리를 잡았다. 6시가 지나도 그녀는 오지 않았다.

'혹시나 안 오는 건 아니야?' 순간 무서웠다. 내 생애 딱 2번 만나자고 하고 바람맞은 적이 있었는데 사람이 안 오는 게 두려웠다. 6시 30분 정도 되니 긴 생머리의 그녀가 온다. 놀란 가슴을 쓸어내리고 최대한 얼굴 근육을 펴고 웃는 모습으로 그녀를 반긴다.

"안녕하세요! 처음 뵙겠습니다!"

"네. 조금 늦어서 죄송합니다." (조금이 아니야. 30분이나 늦었어.)

"네! 괜찮아요. 뭐라도 드시죠. 커피 드실래요?"

"아니요. 전 커피를 못 마셔서요. 녹차로 마실게요." (오, 커피를 싫어하는군. 의외…….)

그렇게 호구조사를 하면서 무엇을 좋아하는지 공감대를 찾기 위해 노력했다.

역시 남녀가 가장 잘 맞는 건 영화다. 영화 이야기를 하면서 조금씩 어색했던 분위기가 밝아진다. 일단 차를 마시고 자리를 옮겼다. 청순하게 생긴 것과 다르게 먼저

"소주와 감자탕은 어떠세요?" (보기보다 호탕한데?)

"좋죠! 콜!"

감자탕 2인분과 소주 1병을 시켜서 주거니 받거니 하면서 왜 혼자냐는 질문부터 편한 이야기로 분위기는 좋아졌다. 그러다가 내가 크리스마스 선물을 준비했다고 하면서 카드와 곰인형을 주었다. 그런데 갑자기 그녀의 표정이 확

달라지면서

"아니! 내가 고등학생과 20살 대학생도 아니고 무슨 곰인형을 주세요?"

"아니, 그게 아니고 주선자가 인형을 좋아한다고 해서 드리는 거에요. "

"그렇다고 내 키 반만한 곰인형을 주시면 어떻게 들고 가라구요!"

"택시 타고 가시면 되는데……."

그 한마디가 치명적이었다. 그랬다. 30살이 되도록 나는 내 차 한 대가 없었다. 곰인형을 들고 택시타고 집에 가라고 하다니! 분위기 좋을 때 집에 바래다 주지는 못할망정…….

순간 멍하고 정신을 차렸을땐 이미 그녀는 인형도 놓아둔채 나가버렸다. 나는 곰인형을 들고 집에 왔다. 그 곰인형은 여동생에게 주고, 내 방으로 들어가 버렸다.

2007년의 크리스마스는 나에겐 최악의 악몽이었다.

크리스마스 추억

2017년 크리스마스 이브날이다.

어제 광명본가에 갔다가 다시 집에 오는 길에 마트에 들러서 아이들의 크리스마스 선물을 사주었다. 원래는 자고 있을 때 몰래 놓고 아침에 산타클로스 할아버지가 주었다고 말을 하려고 했다. 요새 아이들은 벌써부터 그것이 거짓말인걸 알고 있었다.

어릴 때 나는 8살때까지 정말 산타클로스가 선물을 준다고 철썩같이 믿고 있었다. 엄마에게 레고를 꼭 가지고 싶다고 이야기했다. 엄마는 착한 일을 많이 하면 꼭 산타클로스 할아버지가 니가 갖고 싶은 레고를 가져다줄 거라고 했다. 이브날 밤 자기 전에 한쪽 벽에 양말을 걸어 놓았다. 산타클로스 할아버지가 선물을 줄 때까지 밤새 기다리려고 했지만, 역시 잠이 들어버렸다. 아침에 일어났는데 내 발 밑에 레고블럭이 있는게 아닌가?

나는 너무 좋아서 엄마에게 산타클로스가 레고 선물을 주고 가셨다고 말했다. 엄마는 정말 잘됐다고 하셨다. 그렇게 1년이 지나고 9살이 되고, 그 해 겨울 성탄절도 역시 선물을 기다렸다. 그날도 어떤 장난감을 가지고 싶어서 부모님을 졸랐던 기억이 있다. 그렇게 잠이 들다가 새벽에 딱 깼는데……. 아버지가 내 발밑에 선물을 놓고 계신 걸 보았다. 뭔가 이상했다. 아침에 엄마에게 물어봤다. 원래 산타클로스는 없었고, 다 부모님이 직접 사서 놓은 거라고…….

　그렇게 내 산타클로스에 대한 추억은 끝이 났지만, 그래도 커가면서 매년 성탄절이 되면 그 나이에 맞는 분위기로 놀면서 나를 채워갔던 것 같다. 이제 마흔살의 크리스마스도 이렇게 지나가고 있다. 오늘은 딸의 공연을 보고, 독서와 글쓰기, 집안일을 하면서 조용히 보냈다. 매년 돌아오는 크리스마스지만 내년엔 어떤 의미로 다시 다가올지 모르겠다.

　다시 한 번 모두 메리 크리스마스!

고지가 저기인데

사회생활을 한지 5년차가 되던 어느 가을 아침이다. 자고 일어났는데도 배가 너무 아프다. 전날 회식으로 소고기를 맛나게 먹었는데, 이놈의 배속은 그걸 못 받아들일까? 고등학생 시절부터 장이 좋지 않아서 뭔가를 먹으면 얼마 지나지 않아서 화장실로 뛰어가곤 했다. 출근 준비를 하면서 화장실에서 1차 볼일을 보니 속이 편한 느낌이다.

그 시절 다니던 직장은 역삼역 근처였다. 또 집은 광명이라 버스를 타고 신도림역까지 가서 2호선을 갈아타야 했다. 집 앞에서 버스를 타고 가는 동안에도 괜찮았다. 그런데 신도림역 정거장이 가까워서 자리에서 일어나서 내릴 준비를 하는데, 갑자기 속이 뒤집어지기 시작했다. 속은 계속 부글부글 거리고, 적어도 1분안에 화장실을 가지 않으면 곧 일이 터질 것 같은 일촉즉발 상황이다.

아직 버스가 도착하려면 2분 정도가 남았고, 정거장에 미리 온 버스가 빠져야 내릴 수 있다. 머리가 하얗다. 빨리 창문 밖으로 보이는 신도림역 화장실로 뛰어가야 하는 생각밖에 없었다. 아직은 참을만하다. 고지가 저기인데… 나는 할 수 있고, 바로 뛸 수 있다. 머리로는 결정을 했지만 몸은 벌써 반응을 시작하려고 한다. 미칠 것 같았다.

버스가 멈추고 문이 열린다. 교통카드를 찍는둥 마는둥 하고, 바로 뛰기 시작했다. 그래도 왕년에 100m 달리기를 좀 했던 사람이다. 오로지 고지에 도달하기 위해 앞만 보고 달린다. 그런데 엉덩이에 힘을 주고 뛰어야 하니 힘이 배로 든다. 고지까지 200m 남았다.

사람을 가로질로 고지에 도착했는데 자리가 없다. 아시다시피 신도림역은 출근하는 사람이 어마어마한데, 오늘 나같은 사람이 많나보다. 그래도 기다려서 저 문을 뚫고 들어가야 볼일을 볼 수 있기에 또 참고 기다린다. 3분이 지나도 문이 안 열린다. 이제 정말 참을 수 없다. 어떻게 해야 할지 생각이 나질 않는다. 정말 참을 수 없는 그 찰나에 문이 열렸다.

사람이 나오는 걸 밀치고 앉았다. 다행이다. 문 밖에 있는 사람이 화가 난 거 같다.

"죄송합니다. 어쩔 수 없었습니다."

조용하다. 그냥 간 거 같다. 내가 이겼다.

오랜만에 오늘 오후 신도림역 디큐브시티에서 고등학교 동창 첫 아이 돌잔치에 갔다가 그 화장실을 들어갔다. 너무나도 생생한 추억에 한 번 웃고 화장실에서 나왔다. 앞으로도 그런 일이 있으면 무조건 뛰자!

사장님 나빠요!
임금체불의 기억

벌써 사회생활을 한지 14년차가 된다. 나이 앞자리가 두 개가 바뀌고 나도 이제 슬슬 앞날을 걱정해야 하는 시기가 왔다. 뭐 이제 알만한 사람들은 다 아는 나의 사회생활은 그리 순탄하지 않았다. 물론 내 성격의 문제와 인내심 부족으로 뛰쳐 나온 적도 있는 것까지 포함하면 지금 다니고 있는 회사가 공식적으로 7번째 회사다. 그래도 지금까지는 운이 좋았는지 중간에 2개월 정도 쉰 걸 빼면 퇴사하고 다음날 입사하는 경우가 많았다. 대기업과 중소기업, 소기업 등 다양한 회사를 다녔다. 이직이 잦아도 좋진 않지만, 거꾸로 나는 새로운 회사로 갈때마다 다양한 경험을 할 수 있어서 그게 오히려 강점이 될 수 있다고 믿었다.

대학을 졸업하고 처음 들어간 설계회사는 초반에는 대우가 상당히 좋았다. 신생 엔지니어링 회사 치고는 큰 회사와 월급도 비슷하게 맞추어 주셨다. 일을 잘하는 선배들이 많아서 혼이 나면서 일은 배우지만 즐거웠다. 다만 매일 자정 전까지 이어지는 야근과 가끔 밤을 새는 철야근무가 스트레스였다. 그래도 월급과 야근비가 꼬박꼬박 통장에 들어오니 힘들어도 그것을 위안삼아 다녔다.

그런데 신입 2년차 봄부터 갑자기 월급이 나오지 않기 시작했다. 아직 신입이라 어떻게 상황이 돌아가는지 몰랐다. 상사들은 일도 많고 바쁘게 돌아가는데 회사수중에 왜 돈이 없는지 이해가 되지 않는다고 했다. 나도 이제 신입티를 좀 벗은 2년차 사원으로 자세하게 모르지만 회사에서 월급이 나오지 않는다는 것은 심각한 상황인 정도는 알았다. 이런 상사들의 반응에 관리부도 크게 놀랐다.

관리부 이사님은 아래와 같이 말씀을 하시면서 양해를 구했다.

"아직 우리가 수금해야 할 프로젝트 비용이 있으니 한 달만 기다려주시면 두 달치를 한꺼번에 지급하겠습니다."

그래도 한 직장식구니 한달은 믿어보기로 했다. 사장님도 옆에 증인으로 서 있었으니 아마도 뭔가 조치가 있을 거라 기대했다. 그런데 한달, 두달이 지나도 약속은 지켜지지 않았다. 나도 슬슬 걱정이 되기 시작했다. 정말 친하게 지내던 관리부 여직원에게 슬쩍 물었다.

"우리 월급 언제 나와요?"

"이번달에 크게 수금되는 건이 있어서 그 금액만 받으면 바로 해결할 수 있습니다."

그래도 믿을만한 사람이기에 두달을 더 버텼다. 미련하게.

그런데 월급 구경은 해 본 적도 없이 살길 찾기 위해 다른 회사로 이직했다. 첫 회사에서 못받은 월급은 2011년까지 법정싸움을 했지만, 단 한푼도 받아본 적이 없었다.

이후에도 임금 체불이 2~3년마다 최소 3개월은 밀려서 어쩔 수 없이 마이너스 통장으로 살아야 했다. 그렇게 3번 정도를 경험하니 지금은 아무리 회사가 조건이 좋아도 월급이 밀리는 데 공포감이 생겼다. 5번째 회사에서도 일이 없다는 이유로 5개월 정도는 봉급 50%만 집행했다. 지금까지 내가 임금체불 경험만 3개월 2회, 6개월 1회 정도다. 가장의 역할을 못해서 돈을 못 가져다 주니 아내에게도 참 미안했다. 그러나 이렇게 죽을 수 없기에 다시 한 번 뛰고 있다. 월급이 밀리면 한달 벌어 한달 살고, 하루 벌어 하루 사는 나같은 직장인에게 치명적이다. 정말 전국구의 사장님들! 골프 두 번 칠 거 한 번 쳐서 일에 집중하는 직원들의 복지와 사기진작에 힘을 실어주고, 월급을 주지 않는 그런 적폐 같은 짓은 그만하길 부탁드린다.

헤어진 다음 날

2000년 여름이다. 새로운 밀레니엄이 시작된 해에 나는 군대에 있었다. 그때가 입대하고 1년이 조금 지난 시점이었다. 군생활은 어느 정도 익숙해지고 계급도 상병이었지만, 아직 고참들이 제대하지 않아 막내 생활은 못면하고 있을 때였다. 그리고 1년 사권 여자친구와 연락이 잘 되지 않아서 머리가 아플 때였다. 결국 나는 연락이 뜸한 그녀를 직접 만나기 위해 처음으로 10박 11일 휴가를 냈다. 대체 왜 연락이 되지 않는지 이유라도 알고 싶었다.

그녀가 살았던 곳은 인천 부평이었다. 내가 살던 광명에서도 1시간은 지하철로 가야했다. 나는 휴가를 나오자마자 일단 그녀에게 전화부터 걸었다.

"뚜뚜뚜……."

여전히 받질 않는다.

휴가를 나오기 두달 전부터 바쁘다는 핑계를 대고, 이제 3학년이 되어 취업을 준비해야 한다하면서 전화를 받아도 통화시간이 1분을 넘기지 못하는 경우가 많았다. 처음에는 그러려니 하고 이해를 했지만, 그래도 보고 싶은 마음에 몇 번을 서운함을 토로하면 헤어지자는 으름장을 먼저 놓았다. 눈치가 없는 나는 그것이 벌써 전조였는지도 몰랐다.

그렇게 휴가를 나와서 일주일이 지나도 연락이 되지 않았다. 나는 친구들과 만나 술만 마시고 왜 그녀가 연락이 없는지 물었다. 답은 알고 있는데도 내 스스로 용납이 되지 않았다. 친구들은 그만 잊으라고 하는데, 너무 답답했다. 복귀를 3일 남기고 나는 그녀에게 음성메시지를 남겼다. "딱 한 번만 보자. 3일뒤에 복귀인데……. 무슨 이유라도 알아야 나도 납득이 갈 것 같다.."라며 술 취한 목소리로 울부짖었던 것 같다.

복귀 이틀 전 그녀에게 겨우 답장이 왔다. 부평에서 보자는 약속을 잡고, 다음날 그녀의 집으로 갔다. 그렇게 보고 싶던 그녀를 만났지만 처음에는 반가웠으나 그녀의 무표정한 모습을 보고 그 마음도 싹 가셨다.

"월미도로 가자."

한마디에 택시를 타고 월미도에 갔다. 월미도에 있는 작은 가게에 들어가서 맥주 한잔 씩을 시켰다. 어떻게 된 거냐고 딱 한마디만 물었다. 5분간의 침묵 끝에 그녀가 이야기한다.

"나, 사실 너 입대하고 만나는 선배가 있어. 복학생이야. 미안해."

"그래. 그런 것 같더라."

나는 담담하게 들었지만 참을 수가 없었다. 영화에서 나온 것처럼 그녀의 얼굴에 물을 부어버렸다.

"잘 지내라."

돌아오는 차 안에서 얼마나 눈물이 나는지…….집에 와서 그녀와 함께 했던 모든 사진을 지웠다.

복귀하고 나서 그녀에게 받았던 모든 편지도 다 태워버렸다. 헤어진 다음날이 그렇게 힘든건지 그때 처음 알았다. 그 뒤로도 이별은 할 때마다 슬펐다. 누구와 헤어진다는 것도 슬프지만, 이후 헤어진 다음날은 더 힘들었다. 지금도 누군가와 헤어지는 건 정말 싫은 경험이다.

육아와 나

2009년 가을에 결혼하고 이듬해 가을 첫째아이 이현이가 이 세상에 태어났고, 2014년에 둘째아이 이안이, 2018년 셋째 아이 이람이가 태어났다. 어느 부모가 그렇겠지만 특히 나는 준비되지 않은 아빠였다. 단지 혼자 외롭다 보니 빨리 결혼하고 싶은 생각이 20대 후반시절부터 늘 있었고, 32살은 넘기지 말아야 겠다는 목표만 있었다. 더더욱 나는 아이를 그렇게 좋아하는 편이 아니었다.

이런 내가 결혼과 동시에 아내의 임신과 출산을 바로 옆에서 지켜보면서도 무엇을 해야할지 몰랐고, 그렇게 도와주지도 못했다. 여전히 회사일이 바빠서 늘 야근과 주말근무, 출장을 달고 살다보니 아내 혼자서 집안일과 본인 몸을 직접 챙겼다. 설상가상으로 그렇게 일이 바쁜데 월급이 밀리니 아내는 같이 생활전선에 뛰어들어 몇 개월 동안 교육을 듣고 일을 하기도 했다. 입덧하는 동안 무엇을 먹고 싶다고 해도 사준적이 별로 없는 나쁜 남편이다. 그래도 시간이 있을 때마다 같이 산책과 집안일을 도와주려는 노력은 많이 했다. 아직까지 좀 서운한 건 있지만 쫓겨나지 않고 사는 걸 보면 그렇게 밉상은 아니었던 것 같다.

그렇게 10개월이 지나고 첫째아이 이현이는 아내의 36시간 산고 끝에 자연분만으로 오전 9시 이 세상에 나왔다. 아이를 처음 봤던 그 기분은 아직도 잊을 수 없다. 다만 이후 백일때까지 아이와 씨름하는 것이 힘들었다. 백일의 기적이라고 할 만큼. 야근으로 피곤했던 나는 같이 잠 못자고 육아로 힘들어했던 아내에게 잠 좀 자자고 화를 낸 적도 많다.

지금은 많이 나아졌지만 아직도 신생아 목욕 시키는 일은 자신이 없다. 첫째 아이를 안고 씻기다 떨어뜨릴 뻔 한 이후로 엄두가 나지 않는다. 다른 육아는 이제 어느 정도 적응이 되어 잘할 자신이 있는데, 이것 하나만은 아직도 숙제다. 아이를 힘들게 가져서 키우는 집안에 비하면 나는 그래도 감사하게 생각한다. 아이가 둘이지만 언제 아이를 낳아 키우겠다는 계획은 전혀 없는 상태에서 아빠가 되다 보니 전혀 준비가 되지 않았던 것 뿐이다. 닥치면 다 한다고 했던지.. 아내가 보던 육아서적과 지금 아이를 키우는 엄마나 아빠들의 육아 이야기를 읽고 내 스스로 경험하면서 나만의 육아법을 만들어나가고 있다.

아직도 서툰 아빠다. 아이들에게도 그렇게 좋은 아빠는 되질 못한다. 하지만 처음보다 더 나아지기 위해서 어떻게 육아를 해야할지 가끔은 시간을 내서 고민한다. 나는 아이들이 본인이 하고싶은 대로 살기를 원한다. 다만 남에게 폐끼치 않고 올바른 인성을 가진 상태로 말이다. 공부를 하고 싶다거나 본인이 하고 싶은 한가지가 있다면 끝까지 밀어줄 생각이다.

주말 아침부터 둘째 이안이와 씨름하는 중이다. 시크하고 말이 없는 첫째아이와는 달리 남자지만 애교도 많지만 지 맘에 들지 않으면 끝까지 고집을 꺾지 않은 붙통의 소유자다. 하지만 그래도 내가 요새 살아가는 이유 중의 하나가 아이들이기에 그 시간도 채워가다 보면 나중에 또 하나의 추억이 되지 않을까 한다. 주변에 아빠육아로 아이를 잘 키우시는 분들을 보면 대단하다는 생각이 든다. 그 분들을 위해서 같이 응원한다.

오, 삼국지여!

중학교 시절에 아버지가 사준 〈삼국지〉 시리즈 10권을 읽고 삼국지 세계에 푹 빠졌다. 조조가 세운 위, 유비의 촉, 손권의 오나라를 배경으로 그 안에서 벌어지는 다양한 군상의 이야기, 전투 등이 스펙터클하게 펼쳐진다. 초등학교 시절에 만화로 먼저 접했던 내용을 책을 통해 자세하게 알게 되니 더욱 더 깊게 빠지게 되었다.

삼국지를 읽으면서 나는 그 속의 다양한 인물들을 통해 사회의 다양성에 대해 배웠다. 성향이 비슷한 사람들은 있을 수 있지만 세상 어느 누구도 같은 사람은 없다. 삼국지 안에 나오는 인물들도 같은 사람은 단 한 명도 없다. 부자 아버지의 후원 아래 자신이 가진 능력과 야망을 최대한 활용하여 결국 삼국 최고의 패권을 차지한 조조, 왕족의 후예지만 밑바닥을 전전하다가 사람을 진심으로 대하는 예와 인을 태도로 결국 삼국의 한 귀퉁이를 차지하는 유비, 아버지와 형이 일구어놓은 왕국을 끝까지 지키는 손권등 나오는 군주들도 하나같이 장단점이 있다.

자기를 믿어준 유비를 위해 끝까지 충성을 다하는 의형제 관우와 장비를 비롯하여 천재 지략가 공명 제갈량과 우직한 장군 자룡 조운, 노장 황충과 결국 촉을 배반하는 위연 등 누구나 그렇지만 나도 어릴때는 유비가 있는 촉을 가장 좋아했다. 그만큼 영웅 스토리를 엮어가는 서사적 구조에 유비만한 주인공이 없었기 때문이다. 그와 대치하는 조조는 처음부터 엄청난 권력과 물량으로 빠르게 세력을 확장해 나갔기 때문에 사실 소설의 재미로 볼 때 벌써 끝판왕 분위기다. 그런 조조를 유비가 밀리면서 결국 최후에 대등하게 맞서는 내용들이 카타르시스를 충분히 느끼게 해준다. 그에 반해 오나라는 늘 조연이다. 적벽대전을 위해 유비는 제갈량을 오로 보내 연합을 하게 된다. 그런 오에도 주유라는 걸출한 인물이 나와서 한동안 짧게나마 소설의 재미를 더해준다.

관우와 장비가 죽고 그에 따른 충격으로 유비도 죽으면서 제갈량에게 아들과 촉의 미래를 부탁한다. 제갈량과 사마의의 지략대결이 삼국지 후반부의 중요 포인트였다. 제갈량도 죽고 강유가 촉을 위해 사력을 다하지만 결국 사마의가 삼국을 통일하는 기반을 다지면서 그 파란만장한 서사도 막을 내린다.

삼국지를 좋아하는 친구가 있으면 밤새 토론을 벌이기도 했다. 성인이 되고 나서 한동안 삼국지와 멀어졌지만 어릴 때 보면서 느꼈던 점들이 사회생활에 도움이 많이 되었다.

다시 한 번 삼국지를 읽어볼 타이밍이 된 것 같다. 불혹이 되어 읽는 삼국지는 어떤 느낌일지 궁금하다. 인생의 해답을 찾아볼 수 있을지도 기대해 본다.

"세상이 나를 저버릴지언정 내가 먼저 세상을 저버리지 않으리라!"

여백사를 죽이고 외쳤던 진궁에게 외쳤던 조조의 말처럼 나도 내가 먼저 세상을 저버리지 않을 것이다.

제2장
온전히 어른이 될 사색일기

도전하는 삶이란?

무엇인가에 도전을 해보겠다고 다짐은 하곤 했지만 돌아서면 작심삼일이었다. 사실 새로운 것에 호기심이 많아도 그것을 꾸준하게 유지하여 연습하는 습관이 제일 약했다. 5년째 준비 중인 기술사 시험도 이젠 결과를 내야 하는데, 공부도 하다 안하다 하니 어떻게 합격을 할 수 있을까? 그래도 2015년 첫 책은 어떻게 꼭 내봐야겠다는 확실한 목표를 지키기 위해 2달 동안 일이 생길때를 제외하고 이틀에 한 꼭지를 써 내려가면서 2달만에 끝냈던 경험이 나에겐 도전하여 꾸준히 하여 이루어낸 첫 성과였다.

그런데 내 삶을 되돌아보니 그래도 남들보단 계속 도전하는 인생을 살았던 것 같다.

대학에 들어오고 나서 사회경험을 해봐야 한다고 해서 안해본 아르바이트가 없을 정도로 다양한 업종에 도전했던 기억.

한 달 동안 도서관에서 100권의 책을 읽었던 기억.

새로운 사람을 만난다고 해서 다양한 동호회에 가입하여 많은 사람을 만났던 기억.

노래대회에 나가고 싶어 예선 참가 했다가 탈락했던 기억.

합격하기 위해 미친 듯이 며칠 밤을 새서 공부하여 합격한 기억.

이 수많은 경험과 도전들이 내 기억에서 사라졌지만 내 몸에선 반응을 하는 것 같았다.

2016년 가을에 이은대 작가님 글쓰기 특강을 들으면서 그 과정 안에서 정말 멋지게 도전하는 삶을 살아가는 사람들을 많이 만났다. 글을 쓰고 책을 읽고 하면서 자기만의 책을 출간하는 도전을 즐기는 그분들을 보고 많은 것을 느끼고 배우고 있다. 꼭 성공으로 가는 과정이 느리더라도 그 과정을 즐기는 모습과 하루하루 다르게 성장하는 그분들을 보면서 도전하는 삶이 정말 멋지다고 생각했다. 올해 난 또 다른 도전을 진행하고 있고, 곧 새로운 도전을 하려고 준비중에 있다.

이제는 이렇게 도전하는 인생이 두려운 게 아니라 설렌다. 물론 안 해본 일이라 그 과정에서 부담도 느낄 것이고 무섭기도 하겠지만, 그것도 즐겨보고 싶다. 나에게 도전하는 삶이란 인생 그 자체라고 말하고 싶다. 나의 도전은 이제 시작이다.

보여지는 나!
실제의 나!

대학을 졸업하고 나서 사회 초년생이 된 2004년 전후로 싸이월드가 한창 인기가 있었다. 지금 네이버 블로그, 페이스북, 인스타그램 이전에 자기만의 SNS에 글쓰기, 일상생활, 사진 등을 올려서 공유하곤 했던 기억이 난다. 나도 그 활동을 좋아하여 한때는 매일 일상생활 사진, 여행 사진, 술집 사진 등을 올렸다. 그것을 본 친구들이 와서 댓글을 달아주면 그 밑에 답글을 달고, 그 친구의 싸이월드를 방문하여 똑같은 행동을 했다.

한동안 하지 않다가 또 책을 쓰면서 네이버 블로그 재미에 빠져 예전 싸이월드처럼 사람들과 소통하면서 지내고 있다. 다만 이 SNS라는 게 가상공간이다 보니 내가 올리는 사진이나 글을 좋은 내용으로 포장하여 포스팅하다 보니 늘 배우고 열정적으로 살고, 편안하고 좋은 이미지로 많이 비춰지는 것 같았다.

보여지는 게 다는 아닌데 말이다. 가상공간의 세실과 실제공간의 세실은 차이가 크다.

① 실제의 나는 아이들과 아내에게도 그렇게 자상한 편이 아니다.

처자식을 먹여살린다고 직장에 나가 일을 하는 가장의 역할을 한다고 육아는 전적으로 아내에게 맡긴다. 아내가 아침에 큰 아이와 작은 아이를 각각 학교와 어린이집에 보내고, 큰 아이가 있는 기독학교에서 행정업무를 마친후 다시 둘을 집으로 데려오는 일을 주중엔 매일 한다. 사실 나는 일 때문에도 그렇지만 자기계발을 위해 무엇인가를 배운다는 명목하에 애들고 놀아주는 일도 거의 없었다. 주말에도 급한 일이 아니면 아이들은 아내와 교회에 가서 같이 있다. 잠깐 같이 있는 시간인데 아내에게 짜증을 내고 아이들에게는 말을 듣지 않으면 나도 모르게 화를 낸다. 육아서를 읽으면서 조금씩 내가 잘못하고 있다는 걸 알면서 아내도 많이 도와주려고 노력해 보는 중이다.

② 실제의 나는 많이 이기적이고 나만 생각하는 경우가 많다.

내가 하고 싶은 것은 다해야 직성이 풀리는 성격이다 보니 못하게 되면 그것에 대한 스트레스가 어마어마하다. 물론 내 미래를 위해 투자하는 것은 맞지만 아내와 아이들에게 가끔은 소홀할 때가 있다.

③ 실제의 나는 그렇게 긍정적인 사람은 여전히 아니다.

아직도 업무나 생활에서 불평불만도 많고, 감정을 못 다스려 부정적인 감정이 많이 오를때가 많다. 뭔가를 하려고 하면 '이건 안될거 같은데……' 부터 판단하는 경우도 가끔 있다.

오늘은 지금까지 내가 블로그에 글을 올리면서 과연 실제의 나는 얼마나 이것을 적용하면서 생활하고, 쓴 글대로 언행일치는 하고 있는지 돌아보게 되었다. 말로만 그렇게 외치면서 행동은 또 다르게 하고 있는 나를 보면서 가끔은 미울때도 있다.

여전히 실제의 나는 ing, 진행중이다. 그래도 스스로 나 자신을 인정하고 알아가면서 좋게 또 바꾸어 가는 과정이라고 생각한다. 그렇게 조금씩 바꾸어가며 성장, 변화하다 보면 조금은 나은 실제의 내가 될 수 있지 않을까 생각한다.

현재에 집중하기

사회생활을 시작하고 첫 회사의 파산 등 8년 동안 여러 회사를 전전했다.

가장 오래 다녔던 4번째 회사에서 어려운 일도 있었지만 나름대로 열심히 일을 한 덕분에 30대 초에 팀장으로 이른 진급을 했다. 역시 인정을 받고, 아랫 직원들도 거느리게 되었다. 클라이언트도 건설사 임원, 시행사 대표님, 땅부자 등을 만나다 보니 내가 대단한 사람이 된 것 같아서 나도 모르게 자만과 욕심이 생겼다.

실무적인 일은 아랫 직원들에게 맡겨 놓고 영업을 빌미로 사람들과 만나면서 술만 마셨던 나날이 많았다. 그러나 30대 초 나이에 기술사도 아닌 젊은 사람에게 일을 주는 사람은 한 명도 없었다. 영업을 못하니 사장님도 별로 좋아하지 않기 시작했다. 회사 사정도 점점 어려워지고 월급이 또 밀리기 시작했다. 그러다 나의 업무 실수가 빌미가 되어 해고까지 당하게 되었다. 해고당하고 나서는 한동안 너무 분하고 억울했다. 나는 정말 회사를 위해서 열심히 일을 했는데, 왜 나만 해고를 당해야 했는지 남 탓만 했다. 그리고 좋았던 과거에만 집착했다. 계속 우울해하고 지금 상황에 대해 원망만 했다.

불과 3년전까지 해도 그렇게 잘 나간 것도 아닌데 좋았던 시절에만 집착했다. 그때 다니고 있던 작은 시행사에서도 내가 여기에 있을 자리가 아니라고만 생각하고, 자꾸 다른 큰 회사로 또 이직하기 위해 취업 사이트에만 기웃되었다. 지금 생각해보면 계속 과거에 집착하고 현재에 충실하지 못하니 당연한 결과다.

이제는 지나간 과거에 대해 미련을 버렸다. 현재 내가 있는 직장에서 다시 팀원으로 근무하고 있다. 직급이 높고 낮고 중요한 게 아니고, 지금 내가 할 수 있는 자리와 일이 있다는 것에 감사하다. 과거에 먹이를 주지 않으려고 주어진 순간순간에 최선을 다하려고 한다. 오늘 하루도 저에게 주어진 이 시간들이 지나가면 과거가 된다. 그 과거가 이제는 후회되지 않도록 현재에 집중하려고 한다.

한 번 웃지요!

2017년 여름에 지방 출장을 다녀왔다.

토지 검토 건이 하나 의뢰가 들어와서

검토하는 중에 조금 이상한 점이 있어

직접 지자체 담당과 공무원에게 물어보러 갔다.

날씨도 무척 더워서

나도 모르게 지치고 짜증도 나고 예민해졌다.

여름만 되면 땀을 너무 많이 흘러

사계절 중 제일 힘들게 보냈다. 당연히 제일 싫어하는 계절이다.

공무원을 만나고 이야기를 나누기 시작했다.

담당 공무원도 무엇 때문에 짜증이 났는지
제가 첫마디도 떼기 전에 왜 왔냐는 식으로 한마디를 툭 던진다.

그 말에 반응을 하지 말았어야 했는데
또 순간 욱해서 민원인 입장에서 궁금한 거
물어보려 왔는데 태도가 왜 그러시냐고 반문했다.
그 한 마디에 공무원은 더 화를 내면서
물어보러 온 주제에 태도가 그 따위로 하면
내가 뭘 알려주겠냐라는 식으로 나왔다.

결국 5분 정도를 옥신각신하다가
옆에 계신 다른 공무원의 만류로 흥분을 가라앉히고
다시 이성적으로 대화를 하고 잘 마무리하고 나왔다.

나오는데 그 공무원이 머쓱했던지
웃으면서 미안하다고 했다.
저도 죄송해서 같이 한 번 미소짓고
헤어졌다.

지금 이 시간, 지금 입가에 웃음을 지어보자.
억지로라도 한 번쯤은 하하하 웃어보자.
나에게도, 나를 바라보는 상대방에게도 미소를 통해
행복이 찾아올 것이다.

한계를 긋지 마세요!

어릴때부터 딱 봐서 내가 못할 것 같이 보이는 것들은

처음부터 딱 한계를 그어놓고

"난 못해! 어차피 재능이 없어 못할 거야!"

"저 음식은 못먹어! 나에게 처음부터 맞지 않아!"

이렇게 마음을 먹고 시작을 하니

늘 제자리걸음이거나 평균 이하였다.

구름사다리 건너기, 뜀틀 넘기등을 비롯하여

어른이 되어 운전을 배울 때도 그랬다.

내가 잘한다고 생각하는 것은

정말 내가 세상의 최고라고 생각하고

열심히 했다. 그러다 보니 또래 중에서
역사지식과 달리기, 축구는 따라올 사람이 없었다.

지금 생각해 보면
한계라는 것이 내가 스스로
정한 마음가짐의 문제였다.
세상이 정한 한계는 없다.
그저 한계라고 믿는 자기 자신과 마음만이 있을 뿐이다.

불혹이 된 지금은
내 스스로 한계를 짓지 않을 생각이다.
무엇이든 부딪히고 깨지고 시도하고 도전하면서
내가 어디까지 갈 수 있을지 한 번 보고 싶다.

여러분들도 오늘만큼은
내가 하고 싶은 것, 할 수 있는 것에
어디까지 할 수 있는지 한계를 짓지 말고 도전해 보자.

포기하지 마!

하지 못하는 것이 실패가 아니라 포기하는 것이 실패이다.

세상에 어느 사람도 힘들지 않은 삶은 없다.

단순히 인간관계가 힘들어서…….

또 과음으로 인한 실수로…….

감정조절의 어려움으로…….

혼자 숨어버리고 어디론가 도망치면 다 해결이 되는 걸로 생각했다.

글이나 감사일기를 쓰면서도 치유가 잘 되지 않고, 마음만 무거웠다.

설상가상으로 어제 저녁엔 퇴근길에 제 부주의로 계단에서 구르기까지 했다.

다행히 크게 다치진 않은게 천만다행이다.

그리고 2017년 가을 1년간 준비했던 자격시험에서 또 떨어졌다.

세상 어떤 누구도 안 힘든 사람이 없는데

며칠동안 또 저 혼자 힘든 사람처럼 굴었다.

내가 즐겁게 했던 것들을 다 놓고 포기하고 싶은 생각도 많았다.

그러나 또 실패로 간주하여 숨어버리고 포기한다면

과거와 똑같아질거 같아서 포기하지 않았다.

끝까지 포기하지 않은 사람은 절망과 어려움을 희망과 용기로 바꾸고,

'성공' 이라는 두 글자를 가슴에 안게 될 것이다.

최고보다 최선을!

실력이나 지위에 상관없이 최고가 되고나면

다 그렇진 않겠지만 자만에 빠져서 나태해지기 쉽다.

나도 주위에 그런 분들을 가끔 봤다.

나조차도 가장 오래 다닌 네 번째 회사에 있을 때

사장님 다음으로 가는 위치에 있을 때는

나도 모르게 일도 아랫사람에 미루고

나태하게 근무했던 적도 있다.

그러다보니 업무실력은

오히려 퇴보하는 결과를 가져왔다.

최고는 곧 멈춤을 의미한다.

최고가 되었더라도

아직 최고를 지향하기 노력하는 중이라도

최고보단 최선을 향해 더 노력하고 시도하며

꾸준히 나아가다 보면 어느 순간 위대함의 경지에 다다를 수 있다.

오늘은 어제보다 조금 더 나은 삶을 추구하는 것이

나를 살찌우고 행복하게 해준다.

여러분들도 내일은 오늘보다 조금 더

최선을 다하는 삶을 지향하는 건 어떨까?

참고 견디는 힘, 인내!

지금까지 그렇게 길지 않은 40년을 살면서

인생을 돌아보면 정말 수없이 찾아오는 일에 대해

참고 인내해야 하는 경우가 많았다.

하지만 어릴때부터 참고 견디는 것을 싫어하고 부족했던 나는

대치되는 일이 조금만 생겨도 화를 내고 짜증을 내는 일이 많았다.

20살이 넘어 성인이 되어서도 크게 달라지지 않았다.

나를 키우기 위해 헌신했던 부모님께 아무것도 아닌일로

참지 못하고 버럭 화를 내는 일이 많았다.

회사에 들어가서도 상사에게 혼나면 참지 못하고

대드는 일이 많았다. 그러다가 못 견디고 회사를 그만두는 일도 잦았다.

조그만 스트레스를 받아도 참지 못해 술을 퍼마시고 방황하는 날이 많았다.

무엇인가를 이루기 위해 도전하고 시도했지만,

한 번 실패하면 나한테는 안맞는다고 생각하여

포기도 많이 했다.

조금씩 나를 바꾸어 가기 위해 참는 연습을 시작했다.

일단 무엇인가를 이루기 위해서는 재미없는 연습과 일과의 연속이지만

그것을 인내하고 견디는 힘이 필요하다. 그렇게 조금씩 인내의 힘을

믿고 오늘도 연습하고 있다.

이제는 인내의 힘을 믿고 있다.

직장에서 상사가 내키지 않는 일을 시키더라도

또 다른 예기치 않은 상황이 인생에서 닥치더라도

무엇인가를 다시 도전하여 이루기 위해서라도

오늘도 참고 견디는 힘으로 우직하게 나가보려고 한다.

죽음에 관하여

2017년 9월 초에 만 93세로 친할아버지께서 돌아가셨다. 많은 자식과 손주들이 장례식장에서 입관과 화장할 때 조금 눈물을 흘릴 뿐. 모든 가족들이 오랜만에 만나 웃으며 이야기하고 회포를 푸는 자리가 더 강했다. 호상이라고 했다. 내가 봐도 우리 할아버지는 자기 인생에서 하고 싶은 것, 갖고 싶은 것들을 다 누리고 사셨다. 아마 100세 가까이 잔병치레 없이 편안하게 돌아가신 것도 복인 것 같다.

얼마 전 과로로 인한 40대 죽음이 증가한다는 뉴스를 봤다. 여름에 내가 아는 동갑 지인도 며칠 밤샘 근무로 인한 과로로 인하여 운명을 달리했다. 장례식장을 방문했을 때는 정말 분위기가 좋지 않았다. 아무것도 모르는 아이는 웃고 있고, 남겨진 아내는 영정사진만 보고 멍하니 앉아 있었다. 그 모습을 보고 참으로 많은 생각이 들었다.

불과 두 달 사이 이처럼 다른 죽음을 보고, 과연 나도 죽음에 대해 어떻게 받아들여야 할까라는 생각이 문득 들었다. 사람이라면 분명 더 오래 살고 싶은 본능은 누구나 있다. 30대 초에 '입관체험'이라는 걸 해 본 적이 있다. 관에 들어가서 누워 뚜껑이 닫히니 깜깜한 어둠이 밀려온다. 아무것도 보이지 않은 곳에서 처음에는 답답했다. 그 시절엔 정말 일이 바쁘고 미쳐 있을 때라 직장에서 성공하는 게 다라고 생각했다. 그게 오히려 스트레스가 되어 정신적으로나 육체적으로 지쳐 있을 때 체험을 하게 되었다.

누워서 딱 드는 생각이

"한 번 사는 인생, 다는 아니지만 그래도 내가 하고 싶고 되고 싶고 갖고 싶은 것은 해보고 그래도 후회는 없을 거 같아!"

계속 이 생각만 내 머릿속을 맴돌았다. 관 뚜껑이 열리고 다시 현실로 돌아오고 나서도 생각에만 머물렀다. 그러다가 불과 3년전부터 정말 이 생각을 실천으로 옮기는 중이다.

또 하나 드는 생각은 가족과 친구, 지인들과 즐거운 시간을 많이 보내야겠다는 점이다. 아마도 좋은 사람들과 함께하는 시간이 많을수록 내가 지금 죽더라도 덜 후회할 것 같다는 생각은 든다. 다만 너무 깊게 인간관계에 빠지는 것은 경계하려 한다. 늘 너무 깊게 빠지다 보니 거기에서 받는 상처들로 괴로운 날이 너무 많았다. 이제는 나도 인간관계는 좀 내려놓으면서 좋은 사람들과 시간을 많이 보내야겠다.

그리고 앞으로는 정말 집중할 때가 아니면 회사에서도 조금 여유를 가지고 일할 생각이다. 삶의 흐름이 나아가는 대로 그 방향대로 자연스럽게 내 생활에 충실하는 게 가장 중요하지 않을까 한다.

좌절감과 탁월함

27살 처음 사회생활을 시작하고 13년 동안

7번의 회사를 이직하면서 늘 나올 때마다 난 안 되는구나

늘 좌절감을 느꼈다. 남들은 곧장 뻗은 직선으로 잘만 가는 것 같은데

왜 나는 늘 다시 돌아가야 하는지…….

제대로 가고 있는지…….

그때는 몰랐다.

아직도 어떠한 것에도 탁월한 건 없다.

일에 대해서도 아직 실패를 하고 있고,

가정에서도 제 역할에 대해서도 실패하고 있다.

지금은 알고 있다. 그 좌절감과 실패의 경험이

나를 조금씩 성장시키고 있었다는 사실이다.

일을 하면서도 내가 이젠 어디로 가야할지 알고 있으니

실패하더라도 예전보단 마음이 편하다.

또 꿈과 목표가 생기다 보니 실패하더라도

계속 시도하고 또 들이대보고 있다.

언젠가는 반드시 이루어질 것을 알고 있기에…….

탁월함을 추구하는 게 쉽다면 누구나 할 수 있다.

탁월함의 길이 곧장 뻗은 직선일 리는 없다.

우리가 실패하는 건 좌절감 때문이 아니라 조급함 때문이다.

이웃분들도 조급해 하지 말고, 좌절감을 디딤돌 삼아

천천히 걸어가면 언젠가는 탁월함의 경지에 오르게 된다.

실패가 주는 느낌은 좌절감이 먼저일 수 있다.

그러나 그 실패를 다시 한 번 생각해 보고, 천천히 한 걸음씩

또 시도하고 나가다 보면 분명히 웃을 날이 오지 않을까 싶다.

작은 성공의 중요성

거대한 타지마할이나 만리장성, 피라미드도 한 개의 돌에서 시작했고,

장대한 나이아가라 폭포도

작은 물줄기의 한 번의 굽이침에서 비롯되었으며,

위대한 작품들도 한 줄의 문장과 하나의 표현으로부터 시작된 것이다.

주위 사람들이 몇 권의 책을 내는 과정에서도

"너나 잘해라! 네가 무슨 책을 또 내냐!"

비아냥 대는 사람도 가끔 있다. 물론 축하해주는 사람이 더 많다.

아직도 나는 대단한 사람도 아니고, 평범한 직장인이다.

작년에 첫 책 〈모멘텀〉을 내기 전까지도

내가 책을 내는 작가가 되리라곤 생각도 하지 못했다.

그러나 꾸준히 글을 쓰면서 원고 하나하나가 쌓여가는 작은 성공을 했다.
그렇게 쌓인 원고가 책으로 완성이 되는 기쁨을 보았다.

이번에도 다시 원고를 조금씩 쓰고,
그렇게 모인 원고가 다시 한권의 책이 되어 나왔던 책이
〈미친 실패력〉과 〈나를 채워가는 시간들〉〈독한 소감〉이다.
다른 사람들이 보기엔 부족한 책이지만
내 입장에서 하나의 작은 성공이 모여
또 하나의 성과를 이뤘다.

다시 다른 책을 준비하고 쓰면 또 작은 성공이 될 것이고,
이렇게 꾸준히 하다 보면
단순하고 점진적으로 성장하여
결국엔 성공이란 열매를 맛보지 않을까 싶다.

성공하는 사람은
실패하는 사람들이 어쩌다 하는 일을 꾸준히 하는 사람일 뿐이다.

앞으로 다른 도전을 하여 작은 성공을 꼭 하나 만들고자 한다.

무조건 저지르자!

나는 가끔 지난 과거를 돌아보면

아쉬운 일도 있지만, 후회가 남는 일도 있다.

이미 지나간 일은 지나간 대로 다 의미가 있다.

그런 과거가 있었으니 새롭게 다시 태어날 수도 있을 것이다.

지금도 무슨 일을 할 때 망설이기는 하지만

후회없이 살기 위해 오늘 지금 당장

하고 싶은 게 있으면 저지르고 들이대 본다.

저지르다 보면 분명히 방법은 또 나온다.

설이 지나고 나의 5년후, 10년후 미래계획을 다시 점검해 보고,

새로운 계획을 세워 바로 실행하려고 한다.

내가 이루고자 하는 최종 목표까지

그 과정을 어떻게 해야 이룰 수 있을지

방법을 다시 찾아보려고 한다.

오늘이 마지막인것처럼 최선을 다해

무엇을 하던지 그렇게 살려고 한다.

그것이 제 인생을 바꿀 수 있는 모멘텀이 될 테니…….

인생은 속도가 아니라 방향이다

사회생활을 처음 시작한 신입시절에는

처음에 일을 배우면서 실수도 많고

적응하려고 빨리 노력했다.

일에 적응이 되면서 빨리 대리를 달고

작은 프로젝트라도 직접 혼자 하고 싶어서

조급하게 빨리 상사에게 요구하여

작은 프로젝트를 시작했다.

그러나 아직 실력도 부족한 채

직접 프로젝트를 끌고 나가보니

계속 잘못된 방향으로 진행되어
결국 상사가 프로젝트 메인으로 들어와서
제가 망쳐놓은 일을 수습하기에 바빴다.
너무 급하게 가다보니 가고자 하는 방향을
잃어버렸다.

몇 번의 이직 후 4번째 회사에서
어려운 프로젝트도 몇 번의 실패가 있었지만
잘 참고 견디면서 마무리를 잘하게 되었다.
그 사이에 회사는 어려워져서 나를 포함한 몇몇
직원을 제외하고 다 그만두게 되었다.
얼떨결에 회사에서 사장님 다음 직급에 있게
되어 여기서 잘해봐야겠다라고 다짐 후 방향을
잡고 열심히 전력투구했다.

하나하나 일이 잘 풀리니 사장님께 인정도
조금 받으니 마음이 또 풀렸는지 내가 해야
할 일도 아래 직원들에게 전가했다.
인정을 받는다고 해서 자만하기 시작하고,
일만 잘 수주하면 된다는 생각으로
성급하게 안 되는 일도 다 된다고 가져왔다.
그 결과로 프로젝트 한 개를 잘못 검토하여
발주처가 엄청난 액수를 손해보게 되었다.

그 책임을 지고 회사에서 나오게 되었다.

또 잘못된 방향으로 급하게 가다보니

일어난 최악의 결과였다.

인생은 속도가 아니라 방향이라는 것을 그때 깨닫게 되었다.

잘못된 방향으로 빨리 가면 더 빨리 망하게 된다.

방향을 제대로 잡고 우직하게 걸어가다 보면,

언젠가는 목적지에 도달하게 된다.

동료들과 한 방향을 보며 손잡고 함께 가면

더 빨리 갈 수 있다.

지금은 업무나 하고 싶은 일도

내 인생에 있어서 방향을 다시 잡았다.

지금은 더디더라도 이 방향을 위해

천천히 또 묵묵히 가 볼 생각이다.

함께 꿈을 꾸는 사람들이 있기에

같은 방향을 향해 가다보면

내가 원하는 그 방향에 도달하지 않을까 싶다!

인간관계

사람들을 만날 때마다 그 밝고 좋은 에너지가 좋다.
즐거운 자리에서는 그런 긍정적이고 좋은 에너지를 많이 받는다.
그런 에너지를 받으면 무엇인가를 더 열심히 하게 되는 원동력이
생기기도 한다.

반대로 내 스스로 또는 의도치 않은 상황에서 부정적이거나
기운이 빠지는 에너지를 만들어 내는 경우도 있다.
그럴때마다 참 기분도 좋지 않고, 힘이 빠져서
아무것도 하기 싫은 경우도 생긴다.

지난 금요일부터 주말까지 오랜만에 많은 작가님들을 만났다.
스스로 좋은 기운도 많이 받았지만…….

스스로 부정적인 기운도 많이 받았다.

사람들과 만나면서 만드는 에너지는

다 내가 만들고 받아들이는 것이니…….

감당하는 몫도 내 스스로가 견뎌야 하는 게 맞지만…….

아직도 감정이 서투르고

마음을 다스리지 못한 채

인간관계에서 오는 아픔과 스트레스는

받아들이는 게 아직 어렵다.

나이만 들었지만, 여전히 내가 풀어나가야 할 숙제다.

우리 지금 사랑하자구요!

30대 초반시절, 늘 바빠서 매일 야근과 밤샘근무를 반복했다.

월화수목금금금 일상이 당연시 되던 날이었다.

늘 피곤에 쩔어서 아내와 아이가

놀러가자고 하거나 뭐라도 같이 하자고 하면

나중에 시간이 나면 하자고 했다.

피곤하니 집에 오면 누워서 잠만 잤다.

주말에도 자다가 티브이만 보면서 뒹굴뒹굴 하는 일상의 연속이었다.

당연히 따로 살고 있는 부모님에게도 소홀해질 수밖에 없었다.

나이가 들어서 어떻게 보면

부모님과 함께하는 시간도 그리 많지는 않은데…….

늘 조금 한가해질 때 인사드리러 가겠다고 아직도 잘 가지 못한다.

작년 여름 허망하게 저 세상으로 간

동갑내기 지인의 장례식을 갔다오면서

다시 한 번 많은 것을 생각하게 되었다.

저를 포함한 많은 사람들이 아등바등 하루를 바쁘게 살아간다.

과연 나는 무엇을 위해 이리 바쁘게 살고 있는지 한 번 더 돌아보게 되었다.

어차피 한 번 사는 삶에 죽으면 다 끝인데…….

왜 자꾸 아직도 "나중에! 나중에!"를 외치고 있는지 반성하게 된다.

앞으로는 시간이나 여건이 되는 한 가족이나 아는 모든 지인, 친구들에게

만나는 그 순간순간 사랑하고 최선을 다해야겠다.

오늘이라도 살아있는 지금 이순간 소중한 사람들과 사랑해야겠다.

나의 경쟁 상대는
바로 나 자신!

나의 경쟁상대는 어제의 나다.

어제보다 조금씩만 나아질 수 있도 록 꾸준히 노력하면,

10년, 20년 후엔 스스로도 놀랄 만큼 큰 발전을 이룰 수 있다.

어제보다 1% 더 나아지기 위한 노력, 결코 불가능하지 않다.

예전에는 매일 술 마시는 날은 어제보다

오늘 한 잔 더 마시기……. 어제 1차 갔으면 오늘은 2차까지 가야 한다고..

공부나 나 자신을 발전하기 위한 배움은 등한시하고

술자리 끝까지 버티기 신공을 매일 조금씩 발전시키려고 했다.

술도 매일 먹다 보니 주량이 늘었다. 이것도 성장하는 느낌인지…….

주량이 느니까 계속 더 마시고 싶어졌다.

웬만한 술자리는 거의 빠지지 않으려고 무지 노력했다.

사람들을 만나면

"나 어제보다 더 마셨는데 안 취하네!"

이런 말만 늘어놓으면서 제 한계에 도전하곤 했다.

그러다가 그 결과는 어떻게 되었을까?

뻔한 결과였다.

"술에 장사 없다." 라는 말이 딱 맞는 표현이다.

매일매일 성장한 결과가 실수와 사고로 이어지는

어이없는 나날들의 연속이었다.

지금도 술자리는 가지만……,

예전만큼은 많이 가진 않는다.

그 대신 책을 읽고 글을 쓰고 공부를 하고……,

어제보다 제 자신에 대한 자기계발을 위해

제가 하고 있는 업무를 위해

어제보다 조금 나은 오늘이 될 수 있도록

조금씩 노력하고 있다.

아직도 내 인생의 변화는 크지 않다.

다만 한 번에 성공하는 것보다는

조금씩 성장하는 삶을 지향하다 보면

언젠가는 제가 목표한 바를 이룰 수 있지 않을까 싶다.

용서

스피치 수업에서 용서란 주제로 강연을 하면서

용서에 대해 한 번 생각해 보았다.

용서를 하고 받을 일이 있다는 것은

서로에게 상처를 주거나 받는 것을 전제로 한다.

내가 고의로 또는 우연하게 남에게 잘못을 저질러 상처를 주고,

또 반대로 상대방이 나에게 그런 행위를 통해 나는 상처를 받을 수 있다.

그런 행동 뒤에 결과는 나 또는 상대방이 마음이 상하여

인연을 끊을 수 있는 상황까지 발생할 수 있다.

올해만 해도 새로운 인연을 많이 만나고 알게 되어가는 과정에서

의도했던 또는 의도하지 않았던 나도 상처를 준 사람들이 많았다.

아마도 너무 잘하려고 했던 나의 과한 욕심과 아직도 잘 조절되지 않는

성급한 감정이 원인이 아니었을까?

이제 한해를 마감하면서

그 사람들에게 조금이나마 진심으로 용서를 청해본다.

그것이 결국 내가 선택했던 행동들을 다시 한 번 돌아보게 하고,

나 자신을 같이 용서하는 일이 되지 않을까 한다.

온전히 나 자신을 사랑하기!

지금까지 살면서 나는
나 자신을 정말 사랑하고 좋아해 본 적이 있었는지
오늘 생각이 들었다.

지나고 보니 스스로를 좋아하고
사랑하고 응원하고 해 본적이 그리 많지 않았다.

남과 비교하면서 나를 더 몰아부쳐서
마음과 몸을 학대하기도 하고,
불행하다고 불만을 터뜨리면서
늘 여유가 없이 쫓기듯이 살아왔다.

힘든 일을 겪고 나니

내 스스로를 사랑해야

남에게도 더 잘할 수 있는데…….

남에게만 잘 맞추면서

정작 나 자신을 챙기지 못해서

늘 상처가 더 컸던 거 같기도 하다.

나 자신을 사랑하는 방법도 몰랐다.

그러다 보니 자존심만 남고 자존감은

늘 낮았다.

오늘이라도 아니 지금부터라도 사랑하는 사람을 위하듯

나 자신을 위해 사랑하는 연습을 해보고자 한다.

바쁜 일상에 치여 꽃이 피고 지는 것조차 몰랐던

내게 작은 선물이 될 거 같다.

나 자신을 위해서 좋은 음식도 먹고,

좋은 음악도 듣고, 마음도 잘 다스려 보고,

거울을 보고 한 번 크게 웃어도 보려고 한다.

오늘 하루는 온전히 나를 사랑하면서 보내고 싶다.

지금 사랑하자!

고등학교 1학년 시절에 이모가 주셨던 강아지
결혼 전까지 같이 살면서 온갖 고운정과 미운 정이 들었던
"아지."
마지막에 치매에 걸리고 다리 한쪽이 마비가 되어
어쩔 수 없이 안락사를 시키기로 결정했다.
화장하고 나서 가장 가까운 하천 근처에 묻어줄 때..
하염없이 눈물이 나왔다.

2002년에 같이 피씨방에서 아르바이트 했던 후배…….
늘 밝고 사교성도 좋고..듬직해서 그 시절에 힘들 때
서로 의지하고 잘 지냈다.

직장 취업 후에 한동안 보질 못하고, 전화가 오면
"바쁘니까 담에 보자!!"라고 몇 번을 미루다가
결국 장례식장에서 보게 된 그 후배……
그 사진을 보고 또 하염없이 울었다.

결혼하고 한달 또는 두 달에 한 번 부모님을 뵈러 간다.
내가 나이가 드니 부모님도 이제 많이 늙으셨다.
아직은 아니지만, 부모님과의 이별을 생각하면 눈물이 날 것 같다.

많은 이별이 있지만 가장 냉정한 이별은 죽음일 것이다.
얼마 전까지만 해도 함께 숨 쉬고, 먹고, 자던 사람과의 이별……
사랑하는 배우자, 애인, 부모님, 형제, 자녀, 친구, 지인등의
죽음은 살면서 겪어야 할 가장 큰 고통일지도 모른다.

세상에서 가장 냉정한 이별 앞에
'좀 더 사랑하며 살 걸……'
'바빠서 나중에 보자……'
미루다 후회하지 말자!

지금 당장이라도 그 사람들과
'그래도 마음껏 사랑해서 다행이다'
말할 수 있도록 후회 없이 자주 같이 시간을 보내봐야겠다.

성공의 비결

나는 이것저것 잡다한 일에 관심이 많다.

책을 보다가도 텔레비전에서 축구경기를 하면

정신이 팔려 두 가지를 다 놓쳤다.

5년째 아직도 준비 중인 기술사 시험도

일이 바쁘다고, 친구들과 한잔 해야 한다는 등의

핑계와 변명으로 공부를 하다가 말다가 하니

아직도 합격의 소식은 없다.

그나마 다행히 책쓰기에 도전하면서

직장생활과 먹고 자는 거 이외엔 오로지

원고쓰기에 몰두하여 두달안에 초고를 완성하고

출간계약과 퇴고 후 네 권의 책을 낼 수 있었다.

또 대학 졸업반 때 따지 못하고 12년을 질질 끌었던

도시계획기사 자격증을 한 달 반 동안

퇴근 후 매일 도면 한 장씩을 그리고 책을 보면서 공부한 끝에

한 번에 자격증을 딸 수 있었다.

어떠한 일에 몰두하지 못하는 사람들은

주변의 유혹과 잡념에 끌려다니느라 여기저기 기웃거린다.

한 우물을 파는 것, 참다운 성공의 비결이 여기에 있다.

나도 40년을 살고 보니 주변에 성공한 선배들이나

친구들을 보면 처음에는 보잘 것 없었어도

꾸준히 한 분야에서 한 우물만 파는 분들이 많았다.

이제 다시 목표한 것이 있다면 그것만 바라보고 달려가려고 한다.

자기가 세운 목표에 긍지를 가지고 최선을 다하면

어떤 일에서도 성공을 얻을 수 있을 것이다.

물론 한 번에 성공할 수는 없다.

목표를 향해 뛰어가다보면 넘어질 때도 있다.

그러나 다시 일어나서 시도하고 들이대다 보면

반드시 이룰 수 있다고 본다.

나도 다시 한 번 아직 못 이룬 목표들은

재정비하여 몰두해 보도록 하려고 한다.

상상력의 힘

가끔은 좋았던 과거에 연연하는 모습을 보이곤 한다.

그래도 다른 사람과 비교했을 때는 그렇게 잘 나간것도 아니지만,

한 부서의 팀장으로 팀원을 이끌었던 좋았던 기억이 있다.

그때를 떠올리면 그래도 재미있게 일을 했지만,

돌아보니 너무 자만했던 것도 사실이었다.

현실이 잘 풀리지 않을 때 좋았던 그 시절만 떠올리며

왜 지금은 이 모양이 되었을까 후회하면서 술만 마시는 날이 대부분이었다.

지나고 나보니

내 무의식에 부정적인 마음만 가득해서 일어난 결과라고 생각되었다.

잠재의식도 긍정적인 언어로 소통을 해 주어야 하는데

알고 있으면서도 실천을 못했다.

지금은 매일 아침에 일어날 때 자기 전에 5분 정도

잠재의식에 좋은 말과 기대, 확신으로 찬 긍정언어로

계속 말하고 있다.

"나는 내가 정말 좋다.

나는 내 인생의 유일한 지배자이다.

내 인생의 한계는 없다……

언제나 오늘이 마지막 날이라는 마음가짐으로 결단하고 행동한다.

나는 나날이 점점 더 좋아진다.

나는 운이 좋은 사람이다. 언제나 감사하는 마음을 잊지 않는다……

상상력의 힘을 이용하여 목표 설정 후

자기 잠재의식에 늘 이런 암시를 주면서

노력하다 보면 자기가 원하는 미래에 더 다가갈 수 있지 않을까 싶다.

다시 한 번 상상력과 잠재의식의 힘을 한 번 믿어보시고

지금부터라도 꼭 상상하여 뭔가를 이루기 위해 노력하고자 한다.

사랑과 결혼에 대하여

며칠 전 직장 팀원들을 만나서 저녁식사를 했다.

둘다 30대 초반의 나이이고 싱글이다. 안부를 묻다가 둘 다 비슷한 시기에 여자친구와 헤어졌다는 이야기를 했다. 여자친구의 나이도 비슷한 나이였다. 한 친구는 여자친구가 자꾸 결혼 이야기를 꺼냈는데 남자 입장에서 아직 준비가 안 되었다는 판단에 고민하다 이별을 택했다고 한다. 또 다른 친구는 반대 입장이었던 거 같다.

예전과는 다르게 결혼도 필수가 아닌 선택이다.

각박한 인간관계에 피로감을 느끼고, 2030세대의 늦은 취업등 여러 요인이 좌우를 많이 한다. 남자나 여자든 누구를 만나 사랑을 하게 되어 결혼까지 생각한다는 것은 책임이 전제가 되어야 한다고 판단한다.

물론 싱글로 남느냐 커플로 가느냐는 개개인의 선택에 맡기는 게 맞다. 다만 어떤 선택을 하든 본인의 행복이 가장 중요하다.

아내와 만난 지 딱 1년만에 결혼을 했다. 연애 시절에는 결혼하고 나서 고생 시키지 않겠다고 공언을 하지만, 돌이켜보면 아내에게 참 미안할 정도로 고생을 많이 시켰다. 결혼은 현실이란 말이 너무 공감이 되었다. 남자 입장에서 처자식을 먹어야 하는 가장의 역할도 임금이 밀리는 경우가 많다 보니 잘 못했다.

8살이 된 첫 딸을 임신했을 때도 잦은 야근과 술 먹느라 늦게 들어가서 못 챙겨주는 날도 많았다. 아내에게 이기주의자라는 말을 많이 들을 정도로 저만 생각하던 날들이 많았다. 지금은 조금이라도 시간이 나면 육아나 가사일에 도움이 되려고 하고, 시간을 같이 보내려고 노력하는 중이다. 결혼은 정말 책임이 뒤따르고, 그것이 힘들다면 혼자 사는 게 맞다고 본다. 더 중요한 건 서로를 배려하고 맞춰가는 것이 결혼생활의 핵심이라고 생각한다. 그렇게 자상하지도 못하고 아직도 철부지 같은 남편인지라 조금 더 노력을 많이 해야겠다.

배려하는 마음

작년 여름 회사에 직원 세 분이 새로 왔다.
누구든지 새로운 환경에 오면
긴장이 되고 주눅이 드는 건 어쩔 수 없나 보다.

당연히 그 환경에 오지 않았으니
두렵고 낯설기도 하고, 아는 사람도 없어서
낯가림이 심한 사람은 적응하기가 더
쉽지 않을 것이다.

새로 온 직원에게

우리팀에서 아무도 말을 걸어주지 않았다.

두 분 다 책상 앞만 보고
아무 말도 못하고 긴장한 표정이 역력했다.

보다 못해 내가 먼저 일어나서 명함을 주고 인사를 했다.
처음에 놀란 표정으로 보던
두 직원분들도 웃으면서 같이 인사를 나누었다.

그리고 직접 우리 본부 직원들을
한 분 한 분 소개하면서 인사를 시켰다.
무표정 일색인 우리 본부 사람들도 웃으면서 인사를 나누었다.

사춘기때 맞벌이 하시는 부모님이 늦게 오셔서
늘 혼자 집에 있어서
누군가가 말을 먼저 걸어줬으면 하는 바람이 있었다.

이직을 할 때마다 위의 직원분들처럼
낯선 환경이 두려워 스트레스도 많이 받았다.
아무도 말을 걸어주지 않아서
이직한 회사에서 일주일을 혼자 밥을 먹은 기억이 있다.

그런 기억이 싫어서

어디 모임에 갈때마다 회사에 새로운 사람이 올때마다
저는 스스로 먼저 말을 걸어 그 환경에 빨리 적응할 수 있도록
도와주는 것도 하나의 배려라고 생각한다.

진심으로 인사하고 말을 걸어주고 웃으면서 이야기하다 보면
좀 더 낫지 않을까 하는 생각이다.

매일 감사하기

나라는 사람은 아직도 불완전하다.

스스로 감정을 조절하지 못해 또 남에게

화를 내어 문제를 만들고, 일을 저질렀다.

다시 그것을 주워담기 위해

그 문제를 만들기 전으로 되돌리기 위해,

혼자 또 답답해하고, 마음 고생한다.

그런 일을 미리 만들지 않으면 되는데 말이다.

오늘이 내가 사는 마지막 날이었다면

내가 좋아하는 사람에게 상처주는 일은 하지 않았을 텐데…….

마음과 몸이 많이 아프지만

하루씩만 매일매일 지금 이 순간을

즐기면서 만나는 사람들에게 즐겁고

좋은 시간만을 가질 텐데…….

왜 매번 문제를 저질러 놓고…….

뒤늦게 후회하고 아쉬워하는지…….

그래도 지금은 예전보단

살아있는 이 시간…….

누구에게나 좋은 시간을 보내기

위해서 그 순간만큼은

최선을 다하고 있다.

매순간 순간 감사하면서…….

앞으로는 내가 살아있는 모든 시간동안

매순간 순간 감사하면서 살아가길 기원한다.

성실의 중요성

며칠 전 아침 회의하다가 늘 하던 업무라고 생각하다가
꼼꼼이 챙기질 못하고 대충 검토하다가 실수가 나왔다.
늘 하던 똑같은 검토업무다 보니
지역마다 그 토지마다 가지고 있는
속성이 같아도 조금씩 틀린데 그것을 간과했다.
그 실수로 또 상사와 고객에게 안 좋은 소리를 들었다.

예전에도 비슷한 상황으로
곤란한 일이나 실수를 했으면서
아직도 정신을 못차린 것 같다.

흔히 등산하러 다니는 사람에게

"어차피 내려올 산 뭐하러 올라가냐?"고 묻는 이들도 있다.

그런데 따지고 보면 우리 인생이 그렇다.

어차피 다시 배고플 거지만 매끼니를 맛있게 먹고,

어차피 죽을 걸 알지만 죽지 않을 것처럼

매사에 열심히 성실하게 사는 것이 우리네 인생이다.

나도 익숙한 업무라고 등한시하고 대충 때우려 했던 것이

부끄럽다. 같은 일을 하더라도 그 순간

열심히 성실하게 임하는 게 맞는데…….

그것을 또 망각했던 것 같다.

누구에게나 인생의 끝은 반드시 온다.

그러나 그 끝을 만들어가는 과정과 모양은 모두 다르다.

얼마나 성실하게 매 순간순간을 살았느냐에 따라

전혀 다른 삶의 모양을 만들어내는 것이다.

오늘은 여러분들도 반복되는 일이라도

나에게 너무 익숙한 일이라 해도…….

무엇을 하든 매 순간 성실하게

임해보는 것은 어떨까 한다.

말보다 행동

불과 5년 전까지만 해도 여러 가지 핑계와 변명으로
하고 싶은 것들을 계속 미루기만 했다.
영어를 잘하고 싶었는데도 좀 더 알아보고 하자⋯⋯.
운동을 해야 하는데도 생각만 하고 나중에 하자⋯⋯.
술도 좀 줄이자 하는데도 마시고 나서 나중에 하자⋯⋯.

그러다 35살 인생에 큰 고비가 왔다.
먹고 살 걱정까지 해야 하는 어려움 속에서
문득 그런 생각이 들었다.
이제는 뭔가를 하고 싶으면 미루지 말자고⋯⋯.
바로 실행을 해봐야겠다는 생각이 들었다.

2013년 8월!

영어공부를 하고 싶어 일단 전화영어를 시작했다.

하루 10분이지만 지금까지 하면서 간단한 일상회화는

조금은 중얼거릴 정도가 되었다.

지금은 잠시 쉬고 있지만 운동도 바로 헬스장을 등록하고,

일단 간단한 기구부터 들고, 조금씩 달리기 시작했다.

그리고 가장 중요한 책쓰기…….

뒤도 안돌아보고 수업을 신청하고, 원고를 쓰고,

일단 저지르고 행동에 옮기다 보니 무엇이라도 되는 것 같았다.

인생에서의 중요한 과제를 '나중'으로 미루는 사람들이 있다.

"나중에 돈 많이 벌면 해도 늦지 않아……."

"나중에 집 사고 차도 구매하면 그때 가족에게 잘하려고……."

그러나 지금 행동하지 않으면 나중에 실행하기는 더 어렵다.

백번 말하기는 쉽지만 한 번 실천하기는 어렵기 때문이다.

말만 내세우고 걱정하지 말고

현실을 탓하지 말고 행동을 나중으로 미루지 말자!

지금 작은 것부터

하나씩 행동해야 무엇이라도 만들어지지 않을까 싶은 생각이다.

마음이 무거울 땐 비워요!

사회생활 초반부터 계속되는 야근과 철야근무,

을 입장에서 늘 갑에게 조아리고 다 맞추어야 하는 분위기,

상사의 어이없는 폭언과 무책임함으로 인한 스트레스 등이 겹쳐

안 그래도 소심한 성격에 늘 마음이 무거웠다.

또 잘 떨쳐내지 못하고 늘 마음속에 다 담아두는 성격이어서

남들이 뭐라고 하거나 상사에게 혼이 나면 참거나 예민하게

받아들여 의기소침한 적이 많았다.

그런 분위기에 임금체불과 생활고 등이 겹치고,

인간관계에도 상처를 주고 받고 하다가

늘 마음이 무거웠다. 마음을 비운다고

생각해 본적도 없고, 그냥 힘들고 답답해서
술만 마시는 나날이 많았다.
술이 취해 나도 모르게 사람들에게 상처 주고,
실수도 많이 했다.

그렇게 살다가 책을 읽고 글을 쓰고
같은 꿈을 꾸는 사람들과 이야기 하다 보니
마음을 비우는 방법을 알게 되었다.
교회에 가서 기도도 하고, 혼자서 명상도 해 보고……
혼자 산책과 등산하면서 힘들면 마음을 조금
내려놓고 비우는 연습을 하기 시작했다.

사실 아직도 천성은 바꿀 수가 없는지
가끔은 마음과 감정을 조절하지 못해서
괴로울 때도 있다. 그래도 예전만큼은
흘러가는대로 내 인생을 맡기고
많이 비워보려고 노력중이다.

혹시 지금 여러분을 괴롭게 하는 것이 있는지……
힘들겠지만 마음을 내려놓으면 가벼워지고 자유로진다.
그리고 비우면 다시 채울 수 있다.
그것이 일이든 사랑이든 아니면 인간관계든
우리 한 번 내려 놓아보는 것도 중요하다.

도전하는 자 vs 안주하는 자

매일 일에 치여 야근과 철야근무를 끊임없이 하는 청년이 있었다.

꿈과 목표도 없이 그냥 하기 싫은 일을 억지로 하면서 스트레스 받고

매일 불평불만만 했다. 매번 인생을 바꾸어 보자고 생각만 하고

힘들지만 그래도 하던 일이 편해서 안주하면서 시간만 보냈다.

그러다가 나이가 들면서 더 늦으면 안 되겠다는 생각이 들어

37살 때 그 동안 미루었던 하고 싶은 꿈과 목표에 도전을 시작했다.

그렇게 도전하고 시도한 결과 조금은 다른 세계를 알게 되었다.

이 청년은 바로 나다.

아직 내 인생도 그렇게 크게 바꾸지는 않았다.

그러나 아직도 내가 하는 일에만 매몰되어 우물안의 개구리처럼
지냈다면 지금과 같은 다른 세상을 보지 못했을 것이다.
이제는 한가지 확실한 건 알고 있다.

"자기가 하고 싶은 것, 되고 싶은 것, 갖고 싶은 것이 있다면
무조건 시도하고 도전하기! 일단 들이대 보기!"

자신에게 지금 물음표를 던져 본다.
지금 도전하는 삶을 살고 있는지…….
아니면 안주하는 삶을 살고 있는지…….
안주하는 삶이 나쁜 것은 결코 아니다.

다만 자신의 인생을 변화시키고 싶거나 정말 하고 싶은 게 있다면
한 번쯤은 도전하는 삶으로 멋지게 살아가는 걸 어떨까 한다.

남을 바꿀 수 없다

회사에서 가끔 업무로 상사나 동료와
부딪히곤 한다. 트러블이 생긴 이유는
내가 먼저 그들에 대해 부정적인 마음을 가진 상태서
이야기하다 보니 참지 못하고
감정적으로 대응하게 되는 것 같다.

아내와도 신혼초기부터 3년은 아무것도 아닌
문제로 많이 다투었다. 물론 몇십년 자라온 환경이
있어서 서로 몰라서 맞춰 가는 과정이라도 볼 수 있을지도 모른다.
그것보다도 내가 먼저 답을 정해놓고 욱해서 짜증내는 경우가
많다보니 싸우게 되었다.
아니면 거꾸로 아내가 평상시에 쓰는

말인데 말투가 거슬려 또 짜증을 내는 경우도 있다.
이런 경우는 내가 먼저 그 말투가 거스르다고 이미 생각이
굳어져 그렇게 받아들여서 문제가 되었다.

결국 인간관계에서 갈등은 대부분 내 마음가짐과 사고방식이
부정적으로 느낄 때 감정이 변해서 생기는 게 대부분이다.
물론 상대방의 행동이 거슬려서 본인이 화가 나는 원인을
제공하기도 한다.

생각을 뒤집어보니
내가 찌푸리면 세상이 험악해지고 상대방도 기분이 나빠진다.
내가 먼저 웃으면 세상이 나를 반기고,
상대방도 호의적으로 나온다.
내가 남을 바꿀 수는 없다.
내가 먼저 마음의 문을 열고,
내가 먼저 변화하면 남들이 세상이 바뀐다.

이번 한 주는 내가 먼저 웃고 인사하고 다가가서
서로 얼굴 붉히는 일이
없도록 즐겁게 보내야겠다.

지금이 기적이다

35살에 실직후 하루하루를 참 무의미하게 시간을 낭비하며 보냈다.

방안에만 처박혀 있고, 가끔 친구들과 만나면

밤새 술 마시면서 신세한탄이나 했다.

놀아달라는 그 당시 3살인 큰 딸 아이에게 저리가라고

화를 내는 나쁜 아빠였다. 겉으로 힘내라고 계속

이야기했지만 속으로는 얼마나 시커멓게 속이 탔을

아내에게도 소리만 질렀다. 무능한 가장으로서

내 스스로에게 화가 난건데 자꾸 남탓만 했다,

더 이상 나에게 기적은 없을 줄 알았다.

2016년 가을부터 다시 글을 쓰고 책을 읽기 시작했다.

하루하루 시간을 낭비하지 않기 위해 노력했다.

그리고 1년이 지난 지금…….

하루하루가 나에겐 기적이다.

나 자신이 조금씩 마음을 바꾸고, 매일이 기적이라고

살다보니 정말 기적 같은 일이 많이 생겼다.

지금 이 글을 쓰는 지금도 나에게 기적같은 순간이다.

걱정하지 말아요!
우리

보통 사람들이 주로 하는 걱정은 다음과 같다.

40%는 일어나지 않은 일에 대한 걱정…….

30%는 돌이킬 수 없는 과거의 결정에 대한 걱정…….

12%는 질병에 걸리지 않을까 하는 걱정…….

10%는 장성한 자녀들과 친구들에 대한 걱정…….

현재 상황에서 해결해야 할 문제에 대한 걱정은 8%였다.

즉, 걱정의 92%는 아무리 걱정한다고 해결되는 일이 아니다.

어릴때부터 참 쓸데없는 걱정을 많이 했다.
시험을 앞두고 있거나 무슨일이 있으면

"항상 안 되면 어떡하지?
실패하면 어떡하지? 어떡하지?"

이런 말을 되풀이하고 생각을 하면서 뭘 하기도 전에
걱정부터 했다. 이런 마음가짐이 먼저 들다보니
열심히 해도 결과가 더 좋지 않았다.
혈액형이 A형이어서 그런가 하는 생각도 많이 했다.

좋아했던 사람과의 이별도 모진 말을 던져놓고
이미 돌이킬 수 없는 상태인데 돌아서서 후회하고

한 번은 일이 너무 힘들고 상사와의 계속된 마찰에
어렵게 들어간 회사를 몇 달 다니지 못하고
그만두고 나왔을 때 후회했다.

"내가 왜 그랬을까? 조금만 참을걸." 하고
그렇게 결정한 것에 대해 걱정하고
또 우울해져 술을 먹거나 무기력한 나날을 보냈다.

그러나 지금은 아무것도 하지 않고

또 미리 그 상황이 생길까 걱정하는 것은

어리석은 일이라고 생각하여

무엇이든 부딪혀 보고 시도하여 그 걱정에 대한

리스크를 줄여 보는 연습을 계속 하고 있다.

여러분도 무엇을 하려고 하거나 이미 지난 일에 대해서

지금도 걱정하고 있는지…….

실제로 그 일이 일어났는지…….

아니면, 일어나지도 않을 어떤 상황에 대해서

머릿속에서 존재하는지…….

걱정한다고 해결되는 것은 없는 것 같다.

전 앞으로 하고 싶은 일이나 되고 싶은 일이 있거나

무슨일을 이루려고 한다면 걱정보단 그 리스크를 안고

무조건 들이대볼 생각이다.

오히려 들이대면서 이미 이루어진 것처럼 생각하면서

노력한다면 더 잘 되지 않을까 싶다.

오늘 하루 걱정되는 일이 있어도

내가 할 수 있는 것만 걱정하고,

나머지는 삶의 흐름이 춤추는 대로 맡기면서

마음껏 들이대는 인생을 살기 위해 노력할 것이다.

치유의 글쓰기

얼마 전 시간을 내어 참가했던 팟캐스트 방송에 게스트로 참가했다. 진행자 분들 질문에 글을 쓰면서 좋았던 점이 무엇인지에 대해 질문을 하셨다. 내가 평소에 생각했던 글쓰기를 하면 좋은 점에 대해 답변을 했다.

예전부터 글을 쓰면 자기 자신을 돌아보고 치유할 수 있다는 정보를 많이 들었다. 처음에는 정말 그렇게 될까라는 의심부터 들었다. 글을 쓴다고 정말 내 아픔이나 힘들었던 것들이 당장 없어지는 건 아닌데 왜 자꾸 글을 쓰면 그런 결과가 나오는지도 동시에 궁금했다. 그러나 한동안 생각에만 머물뿐 당장 글쓰기를 실행하지 않았다. 그러다가 35살에 실직 후 힘든 시기를 겪으면서 그것을 극복하기 위해 책을 읽었는데, 거기에 글쓰기 책도 포함되어 있었다. 그 책을 읽으면서 나도 한 번 같은 아픔을 겪고 있는 사람을 돕기 위해 책을 써보자라는 생각에 미치기 되어 본격적으로 글을 써 보게 되었다.

그렇게 첫 책 〈모멘텀〉 초고를 쓰기 시작했다. 당연히 처음에는 한두줄 쓰는 것도 힘들었다. 글을 쓰거나 프레임을 구성하는 방법은 이론적으로 배워서 알고 있는데, 실제로 써보니 적용하는 것이 어려웠다. 그래도 글을 한줄씩 쓰면서 그동안 억눌리고 쌓여있던 부정적인 마음과 분노들이 조금씩 밖으로 나오면서 편해지는 느낌을 받았다. 한 꼭지씩 쓸 때마다 노트북을 붙잡고 서럽게 운적도 많았다. 나에 대한 분노, 상대방에 대한 용서와 미안함, 내가 왜 그런 짓을 하고도 그게 잘못이 아니었던 것을 몰랐는지.. 상대방이 잘 되면 배가 아파하여 나는 왜 초라하게 느꼈는지.. 그 모든 것들이 글로 옮겨지면서 내가 처했던 상황들을 객관적으로 보게 되었다. 초고가 완성되고 나서 내 마음이 참으로 편해지고 개운하다는 느낌을 처음 느꼈다. 그랬다. 이제야 그 느낌이 무엇인지 어렴풋이 알게 되었다. 글을 쓰면서 치유된다는 느낌이..

그렇게 또 이은대 작가님의 〈내가 글을 쓰는 이유〉를 읽으면서 글쓰기의 힘을 알게 되었다. 힘든 일이 있거나 좋은 일이 있든 매일 조금씩 일기와 원고를 썼다. 그렇게 조금씩 글을 쓰는 습관이 들면서 중간에 〈미친 실패력〉, 〈나를 채워가는 시간들〉 〈독한 소감〉 책도 완성이 되었다. 글쓰기는 나에게 참 많은 변화를 주었다. 글쓰기를 통해 바닥을 쳤던 자존감은 조금씩 올라가고 있고, 남들과의 비교도 별로 신경이 쓰이지 않는다. 글을 쓰면서 나를 제대로 알아가기 시작했고, 스스로 사랑하는 법을 조금씩 배우고 있다.

아직은 내가 글을 잘 쓴다고 생각하진 않는다. 다만 글쓰기를 통해 치유와 성장, 마음과 감정을 다스리게 되었다는 점을 직접 경험했다는 점에 스스로 만족한다. 앞으로도 내가 죽는 날까지 조금씩이라도 글을 쓰는 삶을 영위할 것이다. 그렇게 모인 글들을 나와 같은 뜻을 가진 사람들에게 조금이나마 공유하여 도움을 주고 치유가 된다면 더 바랄 것이 없다.

나에게 쓰는 감사편지

지금까지 늘 되는대로 살고, 의지도 약하고, 우유부단하고

끈기도 부족하여 매번 포기하는 삶도 많았고

여러 이유가 있었겠지만 사회생활 하면서도 이직도 많았고

늘 처음엔 친해지기 위해 사교적으로 다가가지만

오래지 않아 또 흐지부지되는 사람과의 만남도 많았고

술로 인해서 포기한 시간, 날린 돈, 망가진 몸도 있던 시절도 있었고

그로 인해서 잘 지내던 사람과도 문제가 생기고 후회하고

인간관계 때문에 상처도 받고, 상처도 주고

그 모든 사람들에게 죄송하고 미안합니다

하지만 그래도 잘 버티면서 지금까지 잘 살아왔잖아

그래도 사람들에게 배려 잘 한다는 소리 듣고, 인성 좋다는 말도 듣고…….

가끔 착해서 이용만 당한다는 말을 듣기도 하지만

그래도 나쁜 사람보단 낫다고 하고……

만 40년을 살면서 좋은 일도 많았잖아.

결혼도 하여 사랑하는 아내와 예쁜 딸, 귀여운 아들도 있고

보잘것 없지만 나에게 보물과 같은 책 두 권도 내고,

동기부여 강연도 해 보고

하고 싶은 꿈과 목표가 있어서 계속 들이대는 열정도 생기고

내가 하는 직업에 있어서도 보람을 느끼고 있고

그래도 끝까지 잘 버티면서 살아와주어서 고마워.

정말 고생했어!

앞으로는 좋은 사람들과 좋은 인연으로 오래도록……

직장도 한 곳에서 정착하여 오래도록……

내 꿈과 같은 작가, 강연가 활동도 조금 더 오래도록……

나쁜 습관도 조금씩 고쳐나가면서 오래도록……

불우한 사람을 도울 수 있도록……

오래도록 꾸준하게 이젠 나에게 감사하면서

어떤 것에든 감사하면서……

나에게 기회를 주신 모든 분들에게 감사하고 은혜를 갚아 오래도록……

또 하고 싶은 모든 일에 도전하고 깨지고

다시 시도하여 이룰 수 있는 인생으로……

앞으로는 더 멋진 세실이 되도록 노력하자!

지금까지 실패도 많았고, 힘든 나날들이 많았지만

버텨온 나에게 참 고맙고 사랑한다고 말하고 싶다.

그리고 저를 좋게 봐 주시고 응원해 주시는 분들께 감사드립니다.

저를 싫어하시는 분들을 위해 좀 더 노력할 것이다.

고마워!

고마워!

내 지난날의 인생들,

그리고 앞으로 기대될 나의 인생!

에필로그

지금까지 6개월 동안 아직 어른아이와 서툰 아재가 뒤섞인 채로 살고 있는 나를 돌아보기 위해서 블로그, 다음 브런치에 기록했던 추억과 단상을 다시 정리했다. 출퇴근을 하는 지하철 안 또는 출장 가는 버스 안에서 책 귀퉁이나 노트에 사색했던 내용이나 잠시 힘들 때 즐거웠던 추억들을 끄적이곤 했다. 그렇게 반년을 생각하고 기록하다 보니 지금보다는 조금 더 나은 어른으로 살지 않을까 한다.

여전히 모든 면에서 서툴고 순수한 면을 가진 어른아이로 살아가는 나에게 가장 중요한 건 역시 나를 사랑하는 마음이 아닐까 한다. 자신을 사랑해야 행복할 수 있고, 남에게도 베풀 수 있으며, 같이 그 시간을 채워가면서 더 풍족한 인생을 살면서 제대로 된 어른이 된다고 믿는다.

끝으로 이 책을 쓸 수 있게 물심양면으로 도와주신 가족, 지인 등 지지해주시고 응원해주신 모든 분들께 진심으로 감사드린다.

나는 아직도 서툰 아재다

초판 1쇄 발행 | 2018년 10월 24일

지은이 | 황상열
펴낸이 | 공상숙
펴낸곳 | 마음세상

주 소 | 경기도 파주시 한빛로 70 515-501

출판등록 | 2011년 3월 7일 제406-2011-000024호

ISBN | 979-11-5636-290-6 (03810)

원고 투고 | maumsesang@nate.com

* 값 13,000원

* 마음세상은 삶의 감동을 이끌어내는 진솔한 책을 발간하고 있습니다. 참신
한 원고가 준비되셨다면 망설이지 마시고 연락주세요.

이 도서의 국립중앙도서관 출판예정도서목록(CIP)은 서지정보유통지원시
스템 홈페이지(http://seoji.nl.go.kr)와 국가자료종합목록시스템(http://www.
nl.go.kr/kolisnet)에서 이용하실 수 있습니다. (CIP제어번호 : CIP2018031203)